KB262392

Pompon
dalia

퐁퐁
달리아

* 이 도서의 국립중앙도서관 출판시도서목록(CIP)은 e-CIP홈페이지(http://www.nl.go.kr/ecip)와
국가자료공동목록시스템(http://www.nl.go.kr/kolisnet)에서 이용하실 수 있습니다.
(CIP제어번호: CIP2012003496)

퐁퐁 달리아

신혜진
소 설 집

은행나무

차례

로맨스
빠빠

* 본문에 인용된 책 내용은 마유즈미 마도까의 여행기《걸었다 노래했다 그리고 사랑했다》(아침바다, 2003)을 모티프로 삼아 창작한 것입니다. '퐁퐁 달리아 가득 주워 마음이 들떠버렸네'는 이 책에서 발췌한 하이쿠임을 밝힙니다.

우리 동네 아침은 〈어머나〉로 시작된다. 마을 회관 확성기
가 지글지글 끓다가 간드러진 목소리로 노래를 불러 젖힐 즈
음, 마당에서 개새끼들은 합동으로 늑대 울음 같은 코러스를
넣는다. 켁켁— 아아, 마이크 테스트, 이거 시방 나오는겨? 나
온다구? 큼— 연하 일구 주민 여러분덜께 알려드리겠습니
아. 그 뭐이냐, 저 아랫녘버텀 장마가 올러오는 중이라고 헙니
다아. 카악— 논두렁 단속허시는 짐에 거국적으루다가, 켁—
벼멜구 약을 한바탕 쳐주실 것을 당부드리는 바이올습니다아.
　아버지가 마당 쓰레질을 하다 말고, 아이, 그늠 가래나 배앝
고 나부델 거이지, 하고는 이장 대신 카아악 퉵, 하면서 담장
쪽으로 걸쭉한 가래침을 뱉어 냈다. '어머나, 어머나, 이러지

마세요.'에 맞춰 엉덩이를 들썩이며 화장실에 앉았다가 나온 나는 아버지의 가래침이 담벼락에 철썩 달라붙는 것을 보고는, 돼지표 본드는 저리 가라네, 생각하며 문을 걷어차 닫았다.

마당 한쪽에 붙어 있는 화장실은 작년에 아스카[明日香] 일행이 다녀간 후에 아버지가 사람까지 사서 좌변기를 앉힌다, 세면대를 놓는다, 법석을 떨며 고친 것이다. 불편하다고 엄마와 내가 아무리 고치자고 해도 꿈쩍 않던 아버지는 아스카가 푸세식 화장실 때문에 고생하는 것을 보고 두말없이 수리를 시작했다. 금방 또 놀러 온다는 그녀의 약속을 아버지가 곧이곧대로 믿은 탓이었고, 우리로서는 말릴 이유가 없었다. 하지만 겨울에는 옥외 화장실이라 수도 파이프가 얼어 터지는 바람에 며칠 동안 옆집 화장실로 볼일을 보러 다니기도 했다.

마을 회관 확성기가 잠잠해지자 기다렸다는 듯이 교회 쪽에서 차임벨이 울렸다. 듣기만 해도 졸음이 올 것만 같은 〈내 주 예수 그 크신 사랑은〉이 느릿느릿 골목 새를 헤엄치기 시작했다. 학생부 예배 시간을 알리는 소리였다.

"아빠, 무지 한가하네? 오늘은 우리재 안 돌아? 한규네 엄마 실으러 가야지."

"지지배 말 뻔새허구는……. 실으러가 뭐여, 모시러! 고등

부 예배 시간 안 되았냐? 으쩌구 맨날 교회 빼먹을 궁리만 허
는거!"

"아이씨, 똥 싸느라구 그랬잖어. 이따가 으른 예배 가면 되
지. 아빠, 오늘은 기도문 좀 적어 갖구 가. 기도책에서 새 걸루
하나 베끼란 말이야. 접때처럼 또 버벅대지 말구."

지난주 예배 때 아버지는 대표기도를 하다가 말이 딱 막혔
었다. 1년 52주, 별로 바뀌지도 않는 내용을 어떻게 잊어버릴
수 있는지 신기할 뿐이다. 주여, 주여, 나라럴 위하야 기도하
옵나이다……. 그 후 약 30초 동안 기도는 중단되었고, 지잉―
마이크 소리만 울렸다. 말이 막힌 게 어이가 없어 눈을 뜨고
강대를 바라보니 아버지는 깍지 껴 모은 손을 떨고 있었다. 한
참 동안 부르르 떨다가, 이 땅 우에 다쒸는 육이오와 같은 전
쟁이 일어나지 아니하도록 섭리하야 주씨기를 믿사옵고 바라
옵고 원하옵나이다. 목소리까지 울먹여 가며 겨우 기도를 끝
마쳤다. 식은땀 나기는 앉아 있는 교인들도 마찬가지였겠지
만 새삼 그 일을 끄집어내자 아버지는 빗자루로 화장실 벽채
밑을 쓸면서 말을 딴 데로 돌려 버렸다.

"아잉아, 요짝으루 삥 돌라 달리아 꽃씨나 뿌리 보까?"

"그걸 왜 나한테 물어. 그 아줌만 요샌 교회 봉고 타구 댕

기나?"

"물러, 그걸 왜 나헌티 묻는거? 니나 잘허세요."

아버지는 내 말투를 흉내 내어 말했다. 한규 엄마에 대해서는 별로 말하고 싶지 않은 것 같았다.

한규 엄마는 교회에서 반주를 맡고 있는 새댁이었다. 한규가 아직 젖먹이인 데다가 우리재 쪽으로는 때맞춰 버스도 없어서 아버지는 수요예배 때와 일요일 아침저녁으로 덜덜거리는 승용차를 끌고 한규 엄마를 데리러 가곤 했다. 20분 남짓 짧은 시간이었지만 아버지가 그 시간을 얼마나 즐거워하는지는, 우리재로 자동차 방향을 잡을 때의 아버지 표정으로 뻔히 드러났다. 그런 아버지가 젊은 여자 집사 데려오는 일을 주저없이 교회 차량 봉사대에게 넘긴 것은 두 주일 전 수요일 저녁에 한규 아빠에게 망신을 당한 것과 무관하지 않으리라. 자기 아내가 교회 나가는 것을 아주 싫어한 한규 아빠로부터 아버지가 입에 담을 수 없는 악다구니를 들었다는 사실은 한규네와 한 동네에 살고 있는 고등부원으로부터 전해 들었다. 하지만 아버지가, 그 기분 좋은 행사를 선선히 포기한 데에는 다른 속내가 있을 거라고 나는 막연히 짐작했다.

사실 그 무렵, 아스카로부터 소포가 도착한 거였다. 누런 소포 용지에는 '홍대식 씨 앞'이라고 적혀 있었고, 편지가 들어 있었다. 안타깝게도 동봉된 편지는 아주 사무적인 인사말뿐이었다. 출판사에서 대충 쓴 편지 같았지만 아버지는 드디어 아스카가 연락을 주었다며 무척 기뻐했다. 소포 안에는 아스카의 사진 한 장과 얇은 책도 한 권 들어 있었다. 작년 여름 아스카가 걸어서 한국을 여행할 때의 일이 적혀 있는 기행산문집이 한국어 번역본으로 출판된 것이었다. 표지에 파란색 비옷을 입은 작달막한 여자, 아스카의 사진이 《길 위에서 사랑하다》라는 제목과 함께 찍혀 있었다.

아버지는 그 책을 애지중지하였다. 일찍 온 더위에도 아랑곳없이 커다란 주머니가 붙은 등산 점퍼를 입고 아예 주머니에 책을 넣어 가지고 다니며 동네 사람들에게 자랑삼아 보여 주었다. 엄마나 내가 보자고 해도 대충 사진이나 볼 수 있을 만큼만, 그것도 자신이 직접 책장을 넘겨 가며 보여 줄 뿐이었다. 오빠네 식구가 살고 있는 주유소에 일하러 갈 때도 소중히 주머니에 넣어 가서 틈틈이 읽었으며, 심지어 밥을 먹을 때도 허벅지 위에 얌전히 올려놓고 먹었다. 아스카의 책을 들여다보는 아버지는 연애편지라도 읽는 사람처럼 행복해 보였다.

"퐁퐁 달리아 가득 주워 마음이 들떠 버렸네."

아버지는 빗자루를 들고 허공을 휘저어 가며 코까지 앵앵거렸다. 아스카가 지었다는 시였다. 말이 나왔으니 말이지만 내가 듣기에 그녀의 시는 '어머나, 어머나, 이러지 마세요. 여자의 마음은 갈대랍니다.'보다 유치한 데다, 길이는 구더기 토막 친 듯 짧았다. 짧아서 아쉽기보다는, 그래서 뭐? 그래서 어쩌라구? 하는 말이 저절로 나오는 시였다. 일본에서는 그렇게 짧게 짓는 시가 유행이래나 뭐래나, 하여튼 그렇다고 했다. 아스카는 그런 시를 짓는 시인으로 유명한 여자라는 게 그녀를 따라왔던 뚱뚱한 통역의 설명이었다.

일본어를 못 해서 그렇지, 아스카 식으로 시를 지으면 나는 10분에 열 개도 지을 수 있을 것 같았다. 사루비아 따 먹으며 헤벌쭉 웃었네, 유리창 두드리는 빗방울의 입술, 퐁퐁 다이알 비누 요샌 아무도 안 쓰네, 이빨 사이로 뱉는 사랑 노래 등등……. 시가 별 건가. 초등학교 때 붓을 꺾어서 그렇지, 내 안에도 천재 시인이 산다 이거야. 나는 '이빨 사이로 뱉는 사랑 노래'를 두어 번 되뇌고는 이빨 사이로 침을 찍 내갈겼다.

사실 나에게 일본어를 배울 기회는 있었다. 아스카가 떠난 다음, 아버지가 나에게 일본어 공부를 하라고 성화를 댔던 것이다. 늬네 학교는 미국 말도 배와 주고 불란서 말도 배와 줌

서 가차운 나라 말은 왜 안 갈킨대여? 일본말 배워설랑 아스
카 언니하구 펜팔허면 재미질 거인디. 아부지가 학원비 내줄
테니께 언능 학원 알어봐. 아버지는 아스카의 소식이 무척이
나 궁금했는지 싫다는 나를 붙들고 자꾸만 학원에 등록을 하
라고 했다. 나는 알았다고 하고, 아스카의 이메일 주소와 학원
비를 받아 챙겼다.

일본 만화에 미친, 같은 반 지숙이한테 대신 메일을 보내
달라고 부탁했다. 울 아빠가 무지 보고 싶어 한다는 말을 꼭
넣으라고 강조했다. 떡볶이까지 사줘 가며 메일을 두세 번 더
보냈지만 답장은 오지 않았다. 학원비는 어디다 썼는지 기억
도 나지 않게 녹아 없어져 버렸다. 답장이 안 온다고 하자 아
버지는 두 달째 학원비를 주지 않았다. 아쉬운 일이었다. 그러
다 뜻하지 않게 거의 1년 만에 소포가 온 것이었다.

"상 채려 놓구 지사 지내유? 너는 내동 있다 교회만 가라 허
면 변소간에서 버팅기는겨!"

아버지가 아스카의 시 속에 파묻혀 정신 못 차리고 있는 틈
에 엄마가 왈칵 부엌문을 열어젖히며 악을 썼다. 유리 달린 밤
색 새시 문이 깨갱깽 몸살 앓는 소리를 내질렀다. 아스카의 소
포로 틀어진 심사가 그예 불퉁그러지기 시작한 것이다. 엄마

는 애초부터 아스카를 좋아하지 않는 것 같았다. 이럴 때일수록 조심해야 한다. 자칫하다간 새우등 터지기 십상이므로.

나는 얼른 안방으로 들어가 밥상 앞에 조신하게 앉았다. 맞은편 벽에 거대한 가족사진이 붙어 있는 게 보였다. 재작년 엄마 환갑잔치 때 온 가족이 세트로 한복을 맞춰 입고 찍은 사진이었다. 금빛 찬란하던 액자에는 군데군데 파리똥이 묻어 있었다. 제자리에, 살짝 갸우뚱한 모습으로 걸려 있는 가족사진이 오늘따라 어딘지 달라 보였다. 못 보던 사진 한 장이 액자 틈서리에 끼워져 있었던 것이다. 나는 가까이 다가가 손바닥만 한 사진을 톺아보았다.

기름한 눈을 아래로 깔고 잔뜩 분위기를 잡은 아스카의 사진이었다. 소포에 딸려 온 사진인 모양이었다. 웨이브가 우아하게 들어간 긴 머리에, 수술한 게 틀림없는 높은 코, 작고 도톰해서 얄미운 입술, 뽀샵질을 했는지 주름 하나 없이 기다란 모가지. 모르긴 몰라도 아버지는 눈치코치 없이, 상구 봐두 이쁨도 이쁘다, 베릴 것이 한 개도 읎는거, 어쩌구 해가면서 너스레를 떨었을 것이고, 엄마는 칼눈을 불똥 튀게 별렀을 터였다. 아무려나 아버지는 아스카의 사진을 가족사진 한구석에 보란 듯이 꽂아 놓았고 엄마는 그것을 묵인하고 있었다.

오, 묵인이라니. 이렇게 어려운 단어를 다 알다니. 이런 말을 할 때마다 나도 나한테 깜짝깜짝 놀란단 말씀이야. 어쨌거나 자기 하고 싶은 대로 하는 아버지야 그렇다 쳐도 사진을 그냥 내버려둔 엄마가 이상했다.

반찬을 집적대지도 않고 얌전빼며 한참을 기다렸지만 아버지는 방으로 들어오지 않았다. 진력이 나서, 나는 슬그머니 화장대 앞으로 가 앉았다. 주근깨가 다글다글한 볼 위에 엄마 분을 슬쩍슬쩍 찍어 발랐다. 무스를 덜어 앞머리에 묻히고 막 빗질을 하려는데, 어이쿠 소리가 났다. 소싯적부터 힘이 장사라고 근동에 소문이 자자한 엄마가, 마른 멸치 같은 아버지의 멱살을 틀어쥔 것이었다. 올 것이 왔다. 나는 앞머리에 하얗게 무스를 이고 두 사람 앞으로 내달았다. 아버지가 엄마의 우악스런 손아귀에 대롱대롱 매달린 채 쩔쩔맸다.

"에잇, 쌍느무 인사야. 내가 이날 입때껏 니가 좋아 산 중 알어? 젊은 년이 그리 좋으면 델따 놓구 살어. 한시라도 맘 편하게 살게시리 위자료 내놓구 갈라서잔 말여."

엄마는 씨알도 먹히지 않을 이혼 타령부터 늘어놓기 시작했다. 양지슈퍼 아줌마처럼 농약을 먹겠다고 협박을 하든가, 돌아올 때 오더라도 가방을 싸든가, 레퍼토리를 다양하게 할 필요가 있다. 다 늙어 이혼하겠다는 게 내가 듣기에도 어설퍼 보이는데 왜 한 노래만 부르는지 알다가도 모를 일이었다. 오빠 밑으로 나를 낳을 때 15년 터울이 진 것만 봐도 금슬도 웬만하건만. 노땅들 쇼하는 데 엑스트라 서는 기분으로, 아흥 엄마 왜 이래, 아빠가 뭘 알어, 여태까지 잘 참았잖어, 엄마가 참어, 추임새를 넣었다. 엄마는 그악스레 찍자를 놓으면서도 옆에 붙어 알랑거리는 내가 귀찮았는지, 넌두 이년아, 홍가 나부랭이 것덜은 다 한가지여, 퉁바리를 놓았다. 엄마, 그러니깐, 봉길례 권사님, 주일 아침에 이러시면 안 되지, 나는 될 대로 되라는 심정으로, 죽이지 말구 이혼만 해여, 내가 증인 스께, 해버리고 말았다. 아버지가 눈을 똥그랗게 뜨고 나를 노려보았다.

"이, 이 사람 참, 이거 놓구선 대화적으루다가 해두 되잖어. 컥— 숨 맥혀라. 거 말이 나왔으니께 말여. 우리 아잉이럴 일본으로 유학얼 보내자면 말여. 아잉일 봐서래두 아는 사람 한나 있는 게 어디냔…… 컥—"

"뭐시여? 누구럴 유학 보내? 개갈 안 나는 헷소리 좀 작작 해여, 이 화상아."

엄마는 잡았던 멱살을 한 번 더 비틀어 바투 잡았다. 할 말이 궁했던 아버지가 괜히 엉뚱한 소리를 해대는 통에 말리려던 싸움이 더 커질 징조였다.

엄마가 아버지 점퍼 주머니를 뒤져 아스카의 책을 끄집어 냈다. 아버지가 어어, 하며 말릴 새도 없이 엄마는 책을 마당으로 힘껏 집어던졌다. 《길 위에서 사랑하다》는 팔락팔락 날다가 장독을 맞추고 날개를 펼친 채 흙바닥에 고꾸라졌다. 아버지의 얼굴에 낭패의 그림자가 드리워졌다. 아버지가 있는 힘껏 엄마의 팔을 뿌리치며 멱살 잡힌 것을 풀었다. 몸을 잔뜩 뻗지르고 서 있던 엄마가 그 서슬에 밥상 옆으로 나동그라졌다. 아버지가 죽고 싶어 환장을 한 게 아닌가.

“하이고메, 인자 이 인사가 사람얼 치네에. 밥 처먹으라고 상 채려 줬드니 폭력을 써?”

엄마가 고래고래 소리를 지르며 웃옷을 벗어던졌다. 엄마의 거대한 젖이 물결치며 허옇게 드러났다. 엄마가 젖통을 위협적으로 출렁대며 아버지 앞으로 다가가자, 아버지는 흠칫 놀라는 것 같았다. 아빠, 리액션 좋았어, 나는 속으로 생각했다. 적당히 반항하고 적당히 무서워하는 척해 줘야, 엄마 스트레스도 적당히 풀릴 것이었다. 나는 슬리퍼를 찍찍 끌며 장독대 앞으로 갔다.

아스카의 책은 속살을 진흙 바닥에 비비대며 누워 있었다.

그야말로 '길 위에서 사랑하고' 있었다. 나는 허리를 굽혀 천천히 책을 주워들었다. 엄마가 아침에 장을 푸면서 간장 골마지를 퍼내 버렸던지 책갈피에 거무스름한 간장 얼룩이 잔뜩 묻어 있었다. 나는 책장에서 흙만 대충 털어 냈다. 책에서 짠내가 진동했다.

겨드랑이 사이에 책을 끼고 화장실 지붕 아래 짱박아 둔 담배를 챙겨 밖으로 나왔다. 어차피 밥 먹긴 다 글러 버린 듯했다. 저수지에서 한 시간쯤 때우고 돌아오면 싸움은 늘 그렇듯이 엄마의 승리로 마무리가 돼 있을 것이다.

저수지 둑 위, 폭신한 풀 위에 넓적한 돌 하나를 끌어다 놓고 앉아서 꼬깃꼬깃한 담배 한 개비를 꺼냈다. 한 달 동안 한 갑을 채 피우지 못해, 지붕 아래 껴 있던 담배에서 곰팡이 냄새가 났다. 라이터도 축축해서 불이 잘 댕겨지지 않았다. 몇 번을 털고 옷에 비비고 낑낑댄 끝에 겨우 담배에 불을 붙였다. 담배 맛은 썼다.

자세히 보니 《길 위에서 사랑하다》는 하드커버로 된 꽤 예쁜 책이었다. 아버지가 무척 소중하게 다루었음에도 두 주일 남짓한 사이 모서리가 약간 닳아 있었다. 유난히 뒷부분만 손

때를 탔는데 우리 집에서 자고 간 이야기가 들어 있는 부분인 것 같았다.

물 먹는 아스카, 길가에 앉아서 다리를 두드리는 아스카, 수건을 뒤집어쓴 한국 아줌마들 사이에 쪼그리고 앉아 비빔국수를 먹는 아스카, 표지판 아래서 날씬한 허리를 살짝 뒤틀고 만세를 부르는 아스카……. 아버지가 보여 줘서 이미 익숙한 사진들을 대충대충 훑어봤다. 페이지를 넘겨 어정쩡한 표정의 엄마, 아버지의 사진이 있는 쪽을 펼쳤다. 노인네들이 나오는 대목은 여행기 끝부분에 있었다.

(…) 42번 국도로 들어가 좀 더 걸어가니 붉은색 간판의 주유소가 나왔다. 주유소 주변에 커다란 흰색 화분들이 정갈했다. 각가지 색깔의 퐁퐁 달리아가 아름답게 피어 있었다. 우리는 그곳에서 잠깐 쉬기로 했다. 주유소 안에는 젊은 남자와 육십 대의 아저씨가 한가롭게 소파에 앉아 TV를 보고 있었다. 두 남자는 아버지와 아들인 듯 서로 닮아 있었다. 지도를 들고 가서 길을 확인하고 있는데 젊은 남자의 부인으로 보이는 여자가 나왔다. 여자의 얼굴은 조금 부어 있었고 어딘지 우울해 보이는 인상이었다. 나이 든 아저씨가 여자에게

무슨 이야기인가를 건넸다.

부인은 조용히 다시 안으로 들어가더니 쟁반에 복숭아를 씻어서 내왔다. 그녀의 치마 뒤에 유치원생으로 보이는 사내아이가 수줍게 달라붙어 있었다. 그 애는 엄마의 치마 뒤에서 호기심 가득한 눈으로 우리를 쳐다보았다. 아이 엄마는 향긋한 복숭아를 칼로 저미며 우리에게 권했다. 복숭아의 과육은 달콤하고 시원했다.

젊은 남자는 거리는 짧아도 차들이 속력을 내는 42번보다 강둑을 따라 C시로 들어가는 옛길이 나을 거라고 말했다. 그가 그려 준 약도에 표시된 대로 구멍가게를 끼고 도니 양옆으로 자그마한 강아지풀이 잔뜩 돋아난 좁은 흙길이 나타났다. 바람이 강아지풀들을 가볍게 쓰다듬고는 소금기가 묻어난 볼을 스치고 지나갔다. 공기가 눅눅한 게 금방이라도 비가 올 것 같았다.

아스카의 눈에 비친 우리 가족 이야기가 남의 이야기처럼 낯설었다. 결혼 이후 줄곧 사이가 나빴던 오빠네 부부가 이혼할까 봐, 부랴부랴 선산까지 잡혀 빚을 내 차려 준 주유소는 무척 아름다운 곳으로 그려져 있었다.

올케에 대한 인상은 꽤 정확한 것 같았다. 새언니는 정말이지 헌언니처럼 매일 우울한 낯빛이었다. 워낙 말이 없어서 나조차도 새언니만큼은 어려워했다. 치마 뒤에 숨어 있었다는 애는 조카 동주다. 새언니가 극성을 떨면서 매일 C 시내 유치원까지 출퇴근을 시켰던 우리 집 장손. 지금은 초등학생이 되었다.

풍풍인지 뭔지, 꽃이 피어 있었다는 흰색 화분은 주유소에 있는 것이 아니라, 한 100미터쯤 떨어진 파출소 앞에 있는 것이다. 그건 그녀가 착각한 것 같았다. 아무튼 오빠가 그렇게 친절했다는 걸 보면 아스카가 예쁘긴 예뻤던 모양이다. 젊으나 늙으나 남자들이란……. 사루비아 따 먹으며 헤벌쭉 웃었네, 가 아닐 수 없다.

고개를 들자 새로 뚫린 고속도로가 길게 가로지르며 지나가는 게 시야에 걸렸다. 도로 공사가 한창일 적에는 주유소 장사가 썩 잘된 편이었다. 아버지, 오빠, 올케까지 나서서 밥 먹을 새도 없을 지경이었다. 하지만 정작 고속도로가 개통되자, 공사 차량도 없어지고 장사는 시들해졌다. 뻥 뚫린 고속도로에서 부러 찌그러진 국도변 주유소에 들러 기름을 넣으려는 차도 없어서 근근이 면세유나 팔았다. 주유소는 차츰 동네 사랑방으로 변해 갔다.

　주일 낮 어른 예배를 알리는 차임벨 소리가 저수지까지 들려왔다. 나는 담뱃불을 운동화 밑에 끼워 빻듯이 비비고, 페이지를 넘겼다.

퐁퐁 달리아 가득 주워 마음이 들떠 버렸네

꽤 걸었다고 생각했지만 여관이 있을 법한 마을은 나타나지 않았다. J읍이라면 여관 정도는 있을 것 같았지만, 거기까지 가려면 또 몇 시간을 걸어야 하는지 알 수 없었다. 묵을 곳이 없다고 생각하니 피곤이 몰려왔다. 난감해하며 어정쩡하게 서 있는데, 조금 전 들렀던 주유소의 아저씨가 뒷짐을 지고 걸어오는 것이 보였다.

우리는 아버지에게 부탁하여 택시를 부르기로 했다. 내일 아침에 택시를 타고 이곳으로 되돌아와서 다시 출발하면 되리라. 그런 생각을 하고 있는데 아버지가 대뜸 집에 가서 좀 쉬자면서 우리를 잡아끌었다. 집 안으로 들어갔던 아버지가 잠시 후 부인과 함께 나왔다.

"오늘은 그냥 우리 집에서 하룻밤 묵어가지? 방이 누추하긴 하지만."

"괜한 고생 하지 말고 저 양반 말대로 해요."

어머니도 웃음 띤 얼굴로 우리에게 권했다. 난처한 기분이 들었지만 어쨌든 고맙다고 인사를 했다.

40분쯤 지나 택시가 도착했다. 택시에 오르려는 우리를 막아서고는 아버지가 운전기사에게 무슨 말을 하기 시작했다.

"어차피 여기로 다시 돌아와야 한다면 이 댁에서 묵는 게 낫잖아요?"

운전기사까지 우리를 설득하고 나섰다.

아스카는 어느새 우리 아버지를 '아저씨'에서 '아버지'라고 고쳐 부르고 있었다. 우리 집에 왔을 때는 궁금해서 나도 죽 옆에 있었는데 내 얘기는 한 줄도 없다. 짤막하게 써서 그렇지, 난 아스카 일행이 우리 집에 처음 들어왔을 때부터 갈 때까지의 일을 비교적 자세하게 기억한다. 퐁퐁 화분이 주유소에 있었는지 파출소에 있었는지 헷갈리는 것처럼 그녀는 대충 생각나는 대로 적은 듯했다. 그러거나 말거나 우리 식구들이 엄청 착한 사람들로 나와서 다시 한 번 놀랐다. 정말 남의 집 이야기 같단 말씀이야.

회색 티셔츠에 푸른 챙 모자를 쓴 아스카는 무척 발랄해 보였다. 통역을 하던 Y라는 여자는 집 앞에 내놓은 평상에 앉아 시르죽은 표정으로 줄담배를 피워 댔다. 그 통에 아스카는 한 층 귀여운 아가씨로 비쳤을 테고, 암상스런 목소리로 아버지, 아버지 하며 팔에 매달리는데 아버지가 녹지 않고는 배기지 못했을 것이다. 통역이란 말이 무색하게도 Y의 한국어는 결코 신통한 수준이 아니었다.

아버지 옆에 달라붙어 야살을 떨어 대는 아스카를 쪽창으로 내다보며 엄마는 조그맣게, 그년 변죽 한번 좋을세, 하고 말했다. 서른을 훌쩍 넘겨 오빠보다 나이가 많다는 그녀는 겉보기엔 20대 청순가련형 여배우 같았다. 예쁜 것만으로도 용서가 안 되는 판에, 날씬하고, 젊어 보이는 데다 시인이라니 엄마는 자연 긴장할 수밖에 없었으리라. 엄마가 정말 "괜한 고생하지 말고 저 양반 말대로 해요."라고, 게다가 웃음 띤 얼굴로 말했다고? 인상 확 구기고, "저 느자구 읎는 화상이 고집 핌서 그리 허자고 허니께 워쩌유. 할 수 읎쥬."라고 했다면 혹시나 모를까. 나? 나야 뭐, 그냥 일본 사람은 무조건 싫어해야 된다고 학교에서 배운 것 같기도 하고, 아닌 것 같기도 하고……

내 기억에 J읍에서 택시는 오지도 않았다. 거기서 택시가 왔다면 남의 돈이라도 빈 차로 돌려보내며 택시비 쓰는 게 아까워서라도 엄마는 틀림없이 그들을 차에 태워 보냈을 것이다. 택시를 부르긴 부른 것일까, 나는 그것조차 혼란스러웠다. 어쨌든 아버지는, 나그네를 대접하는 것이 신자의 마땅한 도리라며 그들을 재워 보내자고 엄마에게 말했다. 신자의 도리에 힘을 꼭꼭 넣어서. 엄마는 방도 치워야 하고 찬거리도 마땅치 않다는 매우 품위 있는 핑계를 대고 거절했다. 그렇다. 그들이 우리 집에서 자고 갈 수 있었던 건 순전히 유령 택시기사가 그녀들을 설득하고 엄마를 조른 탓이다. 퐁퐁 다이알 비누 요샌 아무도 안 쓰네, 가 아닐 수 없다.

(…) 어머니가 꺼내 온 앨범에는 화목한 가족사진이 가득 꽂혀 있었다. 우리는 가족사진을 보며 어머니, 아버지 모두 60세가 넘었다는 사실을 알게 되었다. 아들이 하나, 딸이 하나라고 했다. 아들은 아까 주유소에서 보았던 젊은 주인이고, 딸은 여고생이라고 했다. 아버지는 딸이 공부를 잘한다고 자랑을 했다. 딸은 조금 무뚝뚝한 성격인지 우리와는 좀체 얼굴을 마주하려 하지 않았다. 어머니가 깎아 준 복숭아를 맛보면서 이런저런 이야기를 나누느라 시간 가는 줄을 몰랐다. 말은 잘 통하지 않았지만 무슨 얘기를 하려는지 서로가 금방

알아차릴 수 있었다.

나는 부모님 생각이 나, 바깥으로 나와 공중전화로 일본에 전화를 걸었다. 내가 밤중에 길가로 나가는 모습을 본 아버지가 걱정스러운 듯 따라 나왔다. 아버지는 내가 통화를 하는 동안 뒷짐을 진 채 멀찌감치 서서 지켜 주었다.

여고생 딸이 공부를 잘하고, 조금 무뚝뚝한 성격인지 우리와는 좀체 얼굴을 마주하려 하지 않았다고? 무슨 소리. 나는 다재다능한 사람이다. 춤도 잘 추고, 잘 놀고, 성격도 좋고, 못하는 게 없는 팔방미인이지만 딱 한 가지, 공부만은 못한다. 그건 아버지도 알고 나도 아는 엄연한 사실이다. 그런데 내 앞에서 아버지가 그런 거짓말을 늘어놨다고?

나는 엄마가 말도 잘 안 통하는 어색한 시간을 때우기 위해 그들 앞에 앨범을 던진 것이나, 두 사람이 일본어로 수다를 떨면서 사진을 들여다본 것까지 바로 옆에서 지켜봤다. 옆에 앉아서 복숭아를 깎았던 사람도 난데 왜 이렇게 쓴 것인지 이해할 수 없었다. 하지만 아버지가 아스카를 졸졸 따라다닌 것만은 분명하다. 어깨를 옹송그리고 손을 앞으로 모아잡고 대추씨처럼 쪼글쪼글한 얼굴에 함박 웃음꽃을 피운 채……

내가 보기에, 여자라면 사족을 못 쓰는 아버지가 젊고 아름다운 아스카에게 흑심을 품은 게 틀림없었다. 그러나 아스카는 그런 아버지를 정말 '한국의 아버지'로만 묘사하고 있었다. 뭐, 아스카가 늙어빠진 한국인이 왜 이렇게 껄떡대느냐고 쓰지 않은 것만도 어디야. 그랬으면 철없는 우리 노인네, 여린 마음에 상처받고 엄청 우울했을 텐데…….

(…) 마당을 지나 화장실로 가다 보니 부엌에는 이미 불이 켜져 있었다. 이른 새벽이었다. 한국 여행을 하면서 끝까지 익숙해지지 않은 것이 있다면 그건 재래식 화장실이다.

아침 식탁은 어머니가 손수 만든 요리로 풍성했다.

"차린 것은 별로 없지만 많이 먹어요!"

함께 먹자고 해도 어머니는 웬일인지 자리에 앉으려고 하지 않았다. 돼지고기볶음과 나물, 된장국, 모든 것이 맛있었고 우리는 배가 빵빵해지도록 먹었다.

"그새 정이 들었나, 헤어지려니 서운하네."

물과 간식을 챙겨 주고 나서, 아버지와 어머니는 우리 두 사람을 다정하게 끌어안았다. 어머니가 앞치마 자락으로 눈가를 찍어 냈다. 이런 환대와 이런 작별…… 일본과 한국의 사이는 역사가 갈라놓은 것일 뿐, 한국을 걸어서 여행하는 동안 나는 단 한 번도 사람들에게서 적대감 같은 것을 발견하지 못했다. 두 분은 우리들이 보이지 않을 때까지 손을 흔들어 주었다.

아스카는 모른다. 그날 아침 부엌에서 무슨 일이 벌어졌는지. 새벽기도를 다녀온 아버지는 나란히 누워 잠든 나와 엄마를 흔들어 깨웠다. 엄마가 끙— 소리를 내며 벽 쪽으로 돌아누웠다. 엄마의 넙데데한 등짝이, 웬만해선 날 깨울 수 없을걸, 하고 말하는 듯했다. 나는 그들에게 방까지 빼앗겨 안방에서 자야 한 것부터 짜증스러운 데다 새벽잠까지 깨우는 데 심통이 나서 이불을 머리끝까지 폭 뒤집어썼다. 아버지는 안방 바로 옆에 들인 부엌으로 들어갔다. 수돗물 트는 소리, 싱크대와 냉장고 여닫는 소리가 들렸다. 찬거리가 있나 뒤져 보는 모양이었다. 잠시 후, 쌓아 놓은 냄비라도 잘못 건드렸는지 무언가 떨어지는 요란한 소음이 들려왔다. 으이구, 내 팔자야, 진작부터 깨 있었던 모양인지 엄마가 잠기 없는 목소리로 말했다.

"아, 넌두 언능 인나, 이불 개키구선 세수 햐!"

괜한 지청구를 먹고 일어난 나는 늘어지게 하품을 했다. 세수를 하면서도 연신 하품이 나왔다. 마당에서 양치질을 하는데 아스카가 화장실에 가는 게 보였다. 나는 치약 거품을 한 입 가득 물고 그녀와 인사를 했다.

부엌에선 과연 지지고 끓일 준비가 되어 가는 중이었다. 엄마가 냉동실 안쪽 구석진 자리에서 풍년 농약사라고 쓰인 비닐봉지를 꺼냈다. 풍년 농약사라는 글자를 보고, 봉투의 정체를 금세 알아차렸다. 그 안에는 묵은 돼지고기 덩어리가 꽝꽝 얼어붙은 채 들어 있었다. 아버지 친구 중에 돼지를 치는 한새 아저씨라고 있는데 그 집에서 온 고기였다. 그리고 그 고기는 1년째 냉동실에 넣어 둔 채 거들떠보지도 않던 고기였다.

돼지 콜레라가 유행한 적이 있었다. 군내에 있는 모든 돼지 농가에 도축 명령이 났고 돼지를 생으로 죽여 매장하기 아까웠던 아저씨가 돼지 몇 마리를 밀도살해 온 동네 집집이 몇 근씩 나눠 주었다. 한새 아저씨는, 병든 돼지도 아닌데 버리기 아까워서, 라고 뒤통수를 긁적이며 말했다. 그러자 엄마는 먹기 찜찜해서, 라고 말하며 고기를 봉투째 냉동실에 던져 넣어 버렸다. 그리고 근 1년 동안이나 잊어버리고 있었던 것이다.

1년 만에 그걸 기억해 낸 엄마의 센스라니. 유리창 두드리는 빗방울의 입술, 이 아닐 수 없다. 물론 나와 엄마는 돼지고기 두루치기에는 손도 대지 않았다. 그리고 헤어질 때 그들과 다정하게 껴안은 것은 아버지 한 사람뿐이었다. 다른 사람이라면 몰라도, 엄마와 나는 각기 다른 이유로 아스카 일행에게 충분히 적대감을 갖고 있었다.

대충 우리 집 이야기가 마무리된 것 같아 책을 덮으려다 우연히 맨 뒤를 보게 되었다. 거기에 덧붙이는 말이 있었고, 그것이 우리 집, 아니 내 이야기라는 것을 알고 나는 깜짝 놀랐다.

덧붙이는 말

여행 도중 숙소를 찾지 못해 쩔쩔매던 우리를 흔쾌히 묵게 해주신 홍대식(洪大植), 봉길례(奉吉禮) 씨 부부가 일본으로 건너오시겠다는 너무 기쁜 이야기를 들었습니다. 그 소식은 고등학교에 재학 중인 따님 아영 양이 이메일을 보내 주어 알았습니다.

두 부부가 일본으로 오시는 것은 아영 양의 유학 준비 때문이라고 했습니다.

"고등학교를 졸업하자마자 일본으로 유학을 가겠다는 저의 의견을 마침내 허락해 주신 것입니다."

당시 다소 침울하고 과묵했던 아영 양은, 아스카 씨가 우리 집에서 묵고 가신 덕에 일본에 대해 호의적으로 생각하게 되었다고 적었습니다. 아마도 일본에 대한 선입견 때문에 우리에게 냉담하게 대했었나 봅니다. 이번 여행에서 입은 은혜에 보답하고 싶었는데, 아영 양의 유학 소식은 오히려 저에게 또 하나의 기쁨이 되었습니다.

이럴 수가……. 일본 만화에 미친 지숙이가 평소에 일본으로 유학 가고 싶다고 노래를 불렀던 것이 떠올랐다. 아버지가 우리 아잉이 일본에 유학시킬라면 아는 사람이 일본에 있는 게 여러 모로 좋겠다고 했던 말도 비로소 이해가 갔다. 아버지는 내가 아스카에게만 살짝 내 장래 희망을 이메일로 써 보냈다고 여긴 게 틀림없었다. 지숙이 이년, 소설을 썼네, 소설을 썼어. 나는 쓰게 웃었다.

저수지 주변을 어슬렁거리다 점심때가 다 된 것 같아 집으로 발걸음을 돌렸다. 아침도 걸렀던 터라 배가 많이 고팠다.

아스카의 책을 남방 밑에 감추고 집 안으로 들어섰다. 안방에서 올케가 엄마, 아버지와 무슨 이야기를 나누고 있다가 내가 들어가자 하던 말을 뚝 멈추었다. 무슨 일이 벌어졌는지 세 사람의 표정이 심상치 않았다. 다른 때 같으면 예배 빼먹은 것부터 시작해서 잔소리가 심했을 텐데 별다른 소리도 없었다. 부엌으로 가서 안방 쪽으로 난 문을 닫고 라면을 끓여 먹었다.

내 방으로 들어가 아스카 책이나 뒤적이려고 했는데, 침대 위 이불 속에 누군가 누워 있었다. 살그머니 이불을 들춰 보니, 동주였다. 얼굴을 베개에 파묻고 있는 폼이 잠든 것 같지는 않은데 숨 막힐 것만 같아 어깨를 살짝 흔들어 보았다. 동주는 흐느끼듯 몸을 떨었다. 몸을 바로 돌려 눕히자, 나라는 것을 알아본 동주가 그제야 크게 울음을 터뜨렸다.

"야, 너 왜 그래? 누가 때렸어?"

"고모…… 아빠가 엄마한테 맨날 소리 질르구 무섭게 해. 엄만 맨날 울어."

"뭐? 왜? 엄마한테 왜 그러는데?"

"몰라, 아빠 맨날 맨날 밤에만 나가."

나는 조카를 달랬다. 고모가 업어 줄까? 동주는 울음 끝을 물고 가늘게 흐느끼며 고개를 저었다. 동주 손을 잡고 다시 밖으로 나왔다.

동주와 저수지 쪽으로 걷고 있으려니 헛웃음이 삐져나왔다. 길가 수풀에 앉았다. 동주도 조그맣게 쪼그리고 앉았다.

우리 동주 많이 속상했쩌? 내가 그렇게 묻자, 동주는 다시금 울음을 터뜨릴 것 같은 얼굴이 되었다. 오빠가 평소에도 올케 속을 썩인다는 건 알았지만 젊으나 늙으나 어떻게 하는 짓이 그렇게 똑같은지 모를 일이었다. 나는 운동복 바지 주머니 속에서 담배를 꺼내 물었다. 내가 담배를 물고 있는 모습이 이상했는지 동주가 자꾸만 내 얼굴을 바라보았다. 나는 길게 연기를 뿜으며 동주에게 말했다.

"야, 인생에 금이 간다. 그치? 너도 한 대 할래?"

동주가, 풀숲에서 튀는 메뚜기를 향해 발길질을 하며, 고모 나 많이 해, 한다.

그래도 나는 참 내 마음이 이상했다. 아빠가 행복해 보일 때면 얄밉기도 하고 좋기도 하다. 마음 밑바닥에선, 우리 아빠도 예쁜 사람을 보면 막 설레나 봐, 우리가 봐주자는 말이 하고 싶었다. 아무려나 여덟 살짜리 내 조카도 어느새 나처럼 인생의 쓴맛을 보고 있다고 생각하니, 마치, 같이 학생부실에 끌려간 친구 같았다.

동주와 함께 집에 돌아와 보니 올케가 상을 차리는 중이었다. 식구들이 아직 점심 전인가 보았다. 많이 울어서 그런 건지 몸이 안 좋은 건지 올케의 얼굴이 퉁퉁 부어 있었다. 동주가 제 엄마 치마폭으로 달려들었다. 언니, 위자료 받고 이혼해라, 내가 증인 서 주께. 내가 그렇게 말하자 올케는 입꼬리를 힘겹게 끌어 올리며 억지로 웃었다. 비웃는 것 같기도 해서 좀 기분이 나빠지려고 했다. 그때 올케가 단호하게 말했다.

"아가씨, 난 이혼하기 싫어요."

나는 더 이상 아무 말도 할 수 없었다. 바지 주머니에 손을 찌르고 올케가 상 위에 수저 놓는 것을 물끄러미 쳐다보고 있자, 올케는 내가 나간 동안 방송국에서 전화가 왔다는 이야기를 꺼냈다. 한일합작으로 무슨 특집을 찍는다나, 친절한 한국 사람을 찍는다나, 아스카가 온다는 것이었다. 전화 받은 아버지는 무조건 좋다고 했고, 무슨 수단을 부렸는지 엄마도 반대하지 않은 모양이었다. 아마 덕분에 국제적으로 주유소 선전도 되고 장사가 잘될 거라고 설득해서 허락을 받았을지 모른다. 그래도 왠지 반가운 소식으로는 들리지 않았다.

안방에서 아버지가 낡은 카세트로 성경을 듣고 있었다. 성우의 낭랑한 목소리가 한창 '낳고 낳고 낳고 낳고 낳고' 있는 중이었다. 나는 TV를 켰다. 성경 테이프 소리 때문에 탤런트의 대사가 헛갈렸다. 볼륨을 더 높였다.

아버지가 카세트를 끄고 내 옆으로 다가왔다. 아빠두 볼라구? 옷 속에 손을 집어넣고 등에 난 여드름을 긁으며 내가 말했다. 아녀, 니나 봐. 아버지는 시무룩한 목소리로 그렇게 말했으나 무슨 할 이야기가 있는 사람처럼 곁에 찰싹 달라붙어서 일어날 생각을 하지 않았다.

"왜 자꾸 달라붙어? 할 말 있어?"

나는 아버지도 오빠나 한가지로 엄마 속을 썩이는 것 같아서 못마땅했다.

"아빠, 오빠 좀 어떻게 해봐 봐. 맨날 밤에 나간대잖어. 지가 미친년이야? 밤에 왜 나가!"

내가 퉁을 놓자 아버지는 무언가 골똘히 생각하는 표정을 짓더니 점퍼 주머니를 뒤적거렸다. 아스카 책이라면 내 방에 있는데 가져다줄까 싶었지만 그냥 잠자코 있기로 했다. 아버지는 코 푼 휴지뭉치 같은 것을 호주머니에서 꺼냈다. 탁구공만 한 휴지뭉치는 매우 꼬질꼬질했다.

"아잉아, 이게 뭔 줄 아느냐? 한번 맞춰 보거라."

아버지답지 않게 퍽 엄숙한 표정이었다. 그것은 겉보기에 그냥 휴지를 뭉쳐 놓은 것 같았다. 나는 아버지 손바닥에 있는 휴지를 집으려고 팔을 뻗었다. 그러나 아버지는 얼른 손을 치우며, 기양 맞춰 보라니께, 한다. 나는 아무래도 휴지 속에 뭘 감추어 놓은 듯해서 빼앗으려고 했고, 아버지는 내 손을 피해 휴지 든 팔을 허우적댔다. 뭐야, 금반지라도 주웠어? 아버지는 고개를 가로저었다. 뭐야, 그러엄? 그냥 코 푼 거 아냐?

"비슷하게 맞추었다. 이것은 아부지으 눈물이다. 새벽기도 때마동 느이덜얼 위하야 월매나 월매나 간절허게 기도를 허는 중 아느냐?"

아버지는 '아느냐?' 하는 대목에서 짐짓 목소리를 떨기까지 했다.

일주일 뒤에 약속대로 방송국에서 요란뻑적지근하게 사람들이 몰려왔다. 동네 사람들도 '테레비 찍는 귀경'을 한다며 우리 주유소로 몰려왔다. 아버지는 아침부터 이발소에 들러 찐득해 보이는 기름을 머리에 잔뜩 발랐다. 방송용으로 옷을 쫙 빼입고 주유소에 앉아 안절부절못했고, 엄마도 '친절해 보이기 위해' 새로 앞치마를 사서 걸쳤다. 왜 주유소에서까지 앞치마를 입어야 되는 건지 원……. 그리고 앞치마를 입으면 친절해 보이긴 하는 건지는 잘 알 수 없었다. 오빠도 주유소 유니폼과 모자를 새것으로 꺼내 입고 오랜만에 동네 사람들을 정리해 가며 가로세로로 뛰어다녔다. 꼭 방송국 스텝 같았다.

여러 대의 방송 차량이 먼저 도착했고, 장비를 꺼낸다, 콘티를 설명한다, 부산한 틈에 올케와 나는 내내 이층 살림집에서 그런 모습들을 내려다보았다. 검은 선글라스를 낀 감독이 뭐라고 지시를 내리는 것이 보이고, 스텝들이 더 긴장하는 걸 보니 아스카가 도착할 모양이었다. 나도 그녀를 보려고 이층에서 내려와 사람들 틈에 끼어들었다. 엄마와 아버지는 벌써 주유소 앞까지 나와 기다리고 있었다.

은색 승용차가 주유소 앞에 멈춰 서자, 사람들이 그쪽을 바라보며 길을 터 주었다. 거기서 하늘하늘한 시폰 원피스를 입은 아스카가 내렸다. 이쁘네, 이뻐, 동네 사람들이 감탄하는 소리가 들렸다. 아버지는 더 이상 참을 수 없다는 듯 아스카를 향해 엄벙덤벙 달려갔다. 그리고 나리꽃처럼 환하게 미소 짓는 그녀를 왈칵 끌어안았다. 사람들이 손뼉을 쳤다. 아버지는 가슴이 벅차오르는지 눈물까지 글썽였다.

"엔지, 엔지!"

감독이 선글라스를 머리 위에 꽂은 채 둘둘 만 공책을 휘두르며 엔지를 외쳤다. 그 소리에 아버지가 깜짝 놀라서 대추씨처럼 쪼글쪼글한 이마를 심하게 구겼다.

"홍 사장님, 그렇게 빨리 뛰어나가시면 어떻게 해요? 미처 못 찍었잖아요. 그리고 아스카 씨가 저만큼 올 때까지 기다리라고 했잖습니까. 그래야 한 프레임에 걸린다구요. 자, 다시 한 번 갑시다."

한 번 더 가잔 말을 못 알아듣고 어물거리는 아버지를 젊은 스텝이 저쪽으로 다시 가주세요, 하며 안내했다. 그는 새로 파마를 해서 머리가 라면처럼 뽀글거리는 엄마 곁을 가리켰다. 아버지는 시키는 대로 얌전히 따랐고, 아스카는 난처한 표정으로 자동차 앞에 서 있었다. 함께 내린 통역은 작년에 봤던 뚱뚱한 여자가 아니었다.

너무 느리게 걸어서 엔지, 표정이 어색해서 엔지, 껴안는 각도가 나빠 아스카의 얼굴이 안 보여서 엔지, 이래서 엔지, 저래서 엔지. 엔지가 거듭되자 구경꾼들은 지루해했다. 날두 더운디 엥간히들 허잖구. 동주 할매 뿔 나겄어. 아, 아가씨 땀띠 나겄슈.

그러거나 말거나, 아버지는 아스카와의 포옹 신을 영원히 계속하고 싶은지 끝없이 엔지를 냈다.

바겐세일

지하철 역사에서 올라온 J가 더플코트 옷깃을 여미며 주위를 둘러본다. 신문 가판대를 지나면 오래된 서점, 이동통신 대리점, 옷가게가 있다. 그 사이에 고만고만한 카페와 주점이 막 기지개를 켜며 손님 맞을 채비를 하고 있다. 이른 시각이라 그런지 아직 붐비지는 않지만 머잖아 오후가 되면 행인들끼리 어깨를 부딪치지 않고는 걸을 수 없게 되리라.

J는 번화한 곳에서 내리길 잘했다고 생각한다. 이런 동네라야 일자리 구하기가 수월하지 싶은 것이다. 역사 지붕에 쌓여 있던 묵은 눈이 가루가 되어 날린다. 눈가루는 바닥에 닿지 못하고 눈부시게 부유하다 감쪽같이 사라진다. J의 귓불이 금세 빨갛게 언다. 2월 말이지만 내처 봄이라고 하기엔 바람 끝이

예리하다. J가 코트 주머니에 손을 깊숙이 찔러 넣는다. 시린 눈을 씀벅이며 진저리를 친 후 여대 정문 쪽으로 종종걸음을 치기 시작한다. 종잇장이 떨어지듯 한 떼의 비둘기들이 아스팔트 위로 내려앉는다.

J가 쇼윈도 앞에 멈춰 선다. 옷가게에서 밖으로 내건 스피커가 〈캘리포니아 드리밍〉의 절정을 불러제끼고 있다. 주머니 속에는 실밥이 뜯어진 비닐 지갑이 들어 있지만 옷을 사러 나온 것이 아니다. 설사 가게로 들어간다 한들, 마네킹이 선선히 화사한 원피스를 벗어 줄 것 같지도 않다. 뽀얀 입김이 서릴 정도로 유리에 바짝 붙어 서 있는 J의 곁으로 무스탕에 마스크까지 쓴 중늙은이 여자가 다가온다.

무스탕이 J의 팔꿈치를 가볍게 툭 친다. 반응이 없자 무스탕이 또 한 번 건드린다. 그제야 J가 고개를 돌린다. 자신보다 머리 하나는 작은 무스탕이 네모반듯한 상자를 J에게 내민다. 그녀가 쓴 하늘색 마스크 위로, 쌍꺼풀 두툼한 눈에 붉은 수술 자국이 선명하다. 무스탕의 붓기 덜 빠진 눈이 어서 받으라고 J를 재촉한다. 분홍색 포장박스에 담긴 생리대와 휴대용 티슈다. 생리대 포장지에는 '당신을 자유롭게 하는 날개'라는 광고 문구가 적혀 있지만 작은 티슈에는 아무것도 씌어 있지 않다.

J는 말없이 그것들을 주머니에 넣는다. 바람에 날려 온 빵 봉지가 J의 무릎께에 실렸다가 제풀에 어디론가 굴러가 버린다.

구인광고가 나붙은 호프집 두 군데와 DVD방, 노래방을 들렀지만 허탕만 친다. 월급제는 퇴근 시간이 너무 늦었고, 시간제 아르바이트는 시급이 너무 짰다. 시간제 벌이로는 월세, 공과금, 식비를 대기도 빠듯할 것이다. 마른버짐이 일어난 J의 미간에 가늘게 세로금이 그어진다.

거리에서 서성이고 있으면 누군가 다가온다. 주로 살집 두둑한 중년 여자들이다. 그들은 명함에 '싼 이자%%% 카드할인'이라고 쓰인 전단이나 미용실 할인권을 나눠 준다. 최신형 기기들을 늘어놓고 휴대전화 교체를 권유하기도 한다. 요새 스마트폰 없는 애들이 어딨어? 내가 알바 뛰어서 산다잖아. 이러다 애들한테 따 당하면 언니가 책임질 거야? 징징대는 동생을 달래느라 J는 아침부터 진땀을 빼야 했다. 사준다고 글쎄, 사준다잖아. 끝내 무질러 버렸지만 당장 J에겐 그럴 만한 여유가 없다. J는 그들이 내미는 전단지를 거절하지 않고 다 받는다.

생리대를 나눠 주던 무스탕이 은행나무 가로수 주변에서 양손을 볼에 대고 서 있다. 나무 둥치에 커다란 비닐 쇼핑백 여섯 개를 기대어 놓았다. 여자들에게만 골라서 나눠 주려면 종일 걸릴지도 모른다. 무스탕을 발견한 J가 그쪽으로 다가간다.

"저기요, 아줌마. 이런 거 돌리는 알바요, 일당이 얼마예요?"

J가 말을 걸자, 무스탕은 파마기 풀린 부스스한 머리를 손가락빗질하며 뜨악한 눈빛으로 J를 위아래로 훑어본다.

"와, 찌라시 알바 뛸라꼬?"

"네에, 어디 가면 이런 거 할 수 있는데요?"

"학생은 올개 나가 멫? 스물? 스물다섯? 요새 아아들 나이는 통 알아묵질 몬하겠드라."

스물일곱요. J는 주머니 속 생리대를 만지작거리며 갑자기 나이는 왜 묻나 하는 표정으로 무스탕을 쳐다본다. 나이배기네. 혼잣말처럼 지껄인 무스탕이 한참 뜸을 들인 후, 아이다, 암 것두, 하고는 자기를 바라보고 서 있는 J를 다시 한 번 훑는다. 무스탕의 짙은 쌍꺼풀이 꿈틀하는가 싶더니, 갑자기 자신의 하늘색 마스크를 잡아 내린다. 마스크를 벗자 중늙은이 치고는 꽤 곱상한 턱 선이 드러난다.

"학생, 오늘 이거 마저 돌릴 생각 없나? 내가 4만 원 주께. 실은, 믿을 만한 알바를 몬 구해 가꼬 내가 직접 나왔다 아이가. 암만 찌라시라도 양심을 갖꼬 일해야 할 낀데, 니, 이거 끝까지 한 개도 안 버리고 다 돌린다 카면 내 지금 당장 일당 주꼬마. 어마야, 발 시리라."

무스탕은 갑자기 동상이라도 걸린 것처럼 발을 동동 구르며 당장 지갑이라도 꺼낼 태세다. J는 몇 군데서 허탕 친 것도 금세 잊고, 얼굴에 화색이 돈다. 몇 번 고개를 깊숙이 주억거리자, 무스탕은 사람 좋게 웃으며 가오리가죽 지갑에서 지폐 네 장을 꺼내 준다. 4만 원 곱하기 30이면 120만 원, J는 속으로 이만하면 꽤 괜찮은 아르바이트라고 생각하며 돈을 받아든다.

"패드만 노놔 주면 안 되는 기고, 반드시 이 휴지캉 같이 주야 된데이. 너무 언내라도 안 되고 아지매 같은 사람도 안 된데이. 똑 20대만 골라서 주야 한데이. 패드는 몰라도 휴지는 남기지 말고 다 돌리래이."

무스탕의 뒷모습이 안 보일 때까지 서 있다가, J는 쇼핑백에서 생리대만 꺼내 자기 배낭에 담을 수 있을 만큼 집어넣는다. 이 정도면 동생과 함께 써도 두세 달은 충분히 쓸 수 있는 양이다.

청소부 아줌마들이 지나간 자리에 물 자국이 채 마르지 않은 아침이었다. 백화점의 아침은 하루 중 가장 분주한 시간이다. J가 유니폼으로 갈아입지도 못한 채 서둘러 판매대에 씌워진 레이온 덮개를 벗겼다. 속옷들을 사이즈별로 무늬별로 정리하고, 샘플로 쓰이는 팬티와 러닝셔츠에 밤새 쌓인 먼지를 훌훌 털어 다시 펼쳐 놓았다. 손놀림이 능숙했다.

후문 출입구 바로 앞에, J가 하루 종일 서서 일하는 간이 판매대가 있었다. 1층에서는 가장 구석진 자리였지만 지하 식품부에서 올라온 고객들이 나가는 길목이기도 했다. 드나드는 손님들이 많은 데다, 배달 신청하는 장소와 지하주차장으로 가는 엘리베이터 바로 옆에 있어서 물건은 잘 팔렸다. '긴급 세일, 유명 속옷 70~50% SALE'이라고 쓴 피오피도 한몫 든든히 했다. 긴급과 70에만 붉은색을 칠해 꽤 눈길을 끄는 광고포스터였다. 1년만 더 처박아 둔다면 악성재고가 될 것이 뻔한 제품들을 땡처리하는 일이지만 손님들은 파격세일이라는 J의 설명에 특별히 토를 달지 않았다.

백화점 근무가 이제 겨우 2주일이 된 J는 일에 재미를 붙이고 있었다. 혼자서 매대 두 개를 보자면 하루 종일 앉을 틈이 없었다. 저녁이 되면 종아리가 퉁퉁 부었다. 다른 직원들은 눈치껏 휴게실에 가서 10분씩이라도 쉬고 오는 듯했지만 그럴 수 없었다. 12층짜리 대형 백화점에서 J가 구경한 곳은 여성

부 포스가 있는 2층뿐이었다. 판매액이 10만 원 이상이 되면 2층 포스에 가져다 주어야 했다.

점심밥은 옆자리 구슬아이스크림과 교대로 번갈아 먹었다. 그러나 J는 20분 만에 소나기밥을 먹고 돌아왔다. 누가 감시하는 것도 아닌데 화장실이라도 갈 일이 있으면 꼭 구슬아이스크림에게 당부를 하고 갔다가 서둘러 돌아왔다. 당연히 매상은 매일 올랐다. 상승곡선을 긋는 매상고에 속옷 사장과 백화점 담당이 흡족해했다. 파는 일에 열을 올리는 J에게 구슬아이스크림이 인센티브제냐고 물은 적이 있었다. 그렇지는 않았다.

J가 재고 수량을 파악한 후, 공중전화로 가서 본사의 전화번호를 꾹꾹 눌렀다.

"안녕하세요? 여기 백화점인데요. 주문받아 주세요."

잠깐 기다려, 전화선 너머 미스 유의 퉁명스러운 말을 들으며 J는 손가락 마디를 꺾었다. 볼펜과 종이를 찾는지 부스럭거리는 소리가 들렸다. 엄지부터 식지까지 마디마디 뚝뚝 소리를 내는 동안 미스 유는 늑장을 부리다가, 불러 봐, 예의 토막친 말을 건성으로 흘렸다.

"트라이 여 팬티 미니센스 95 스무 개 하구요. 100 스물, 클

래식은 90, 95, 100 각각 열 개씩요. 예, 열 개……. 그리고 남자 코튼 클럽 무지 런닝 100짜리 스무 개랑 105 스물, 언니, 시간 없거든요. 좀 빨리 적을 수 없어요? 아뇨. 100 사이즈는 스무 개라니까요……. 아뇨. 트렁크는 많이 안 나갔어요. 그리고 어제 매출 54만 5천 원 나왔다고 김 과장님한테 얘기 좀 해줄래요? 오사오, 공공공…… 예. 고마워요."

할 말만 빠르게 한다고 했는데도 전화를 끊고 나니 큰빛은행 출입구 벽에 붙어 있는 디지털시계가 9:25로 바뀌어 있었다. 조회 시간이 불과 5분 남았을 뿐이었다. 시계를 쳐다보는 사이에도 시와 분을 알리는 숫자 사이의 ':'은 초 단위로 끊어지며 J를 재촉했다. 행동이 굼뜨고 말귀가 어두워 발주를 할 때마다 연거푸 수량을 불러 줘야만 하는 본사 미스 유 때문에 담당한테 또 한소리 듣지 싶어서 J는 입이 댓 발이 나온다. J는 지하로 내려가는 계단을 뛰어 내려갔다.

지하 탈의실에서는 지각한 몇몇 여직원들이 발을 동동 구르며 유니폼을 갈아입고 있었다. 휴게실을 겸한 탈의실은 눈부시게 환한 백화점 매장과 달리 조명이 침침한 편이었다. 형광등은 지잉 하며 기분 나쁜 소리를 냈다. 철제 사물함이 줄지어 서 있는 탈의실 안에 케케묵은 냄새가 희미하게 떠돌았다.

자동 타이머가 붙어 있는 방향제가 규칙적으로 인공 프리지아 향기를 뿜어 댔지만 땀내와 화장품 냄새, 옆 직원 식당에서 풍겨 오는 음식 냄새가 뒤엉겨 지독한 악취가 될 뿐이었다. 거미줄처럼 곳곳에 포진해 있는 그 기묘한 냄새에 코가 마비될 때까지 J는 잠시 호흡을 멈추었다.

J의 철제 캐비닛 아랫부분은 심하게 우그러들어 있었다. 처음 봤을 때부터 그랬지만 J가 쓰게 된 후로는 나날이 흠집이 심해졌다. 캐비닛 문을 열자 옷걸이에 걸려 있는 유니폼에서 시큼한 땀 냄새가 풍겼다. 하루 종일 입고 움직이는 탓에 자주 빨아야 하지만 J는 백화점에 들어온 후 한 번도 그 옷을 집으로 가져가지 않았다. 재고 파악할 때, 슬쩍 주머니에 우겨 넣었던 미니센스 팬티 두 장을 사물함 맨 위 칸에 던져 넣었다. 그리고 서둘러 겉옷을 벗어 둘둘 말아 놓고 속옷 위에 유니폼을 걸쳤다. 밑창이 닳아빠진 운동화도 벗어서 맨 아래 칸에 넣었다. 백화점에서 지급해 준 회색 샌들로 갈아 신자 비로소 완벽한 백화점 직원이 되었다.

경첩이 녹슬고 아귀가 맞지 않는 캐비닛 문은 닫을 때도 어김없이 말썽이었다. J가 문을 살짝 들어 틀에 끼운 후, 발로 아랫부분을 기술적으로 걷어찼다. 문은 엄마에게 혼나고 주눅

든 아이처럼 대번에 얌전하게 닫혔다.

　일반 판매 직원들에 비하면, 안내담당 여직원들이나 일당제 내레이터 모델들은 한쪽에 몰려 앉아 수다를 떨거나 화장을 고치며 여유를 부릴 수가 있었다. 그들에겐 애초에 부서별 조회라는 게 없었으므로 아침부터 담당한테 잔소리를 들어야 하는 일은 없는 것이다.

　"씨발, 이 백화점 휴게실 졸라 구려. 어떻게 제대로 된 거울 한 마리가 없냐? 난 내일부터 이 백화점에는 절대 안 나오실 꺼다."

　콤팩트에 달린 조그만 쪽거울에 얼굴을 비추며 마스카라를 올려 바르던 내레이터 모델이 한마디 했다. 짙은 화장 밑에 애써 나이를 감추었지만, 고등학교를 갓 졸업했을까, 앳된 얼굴에, 이 사이로 침을 갈기면 딱 어울릴 성싶은 말투다. 노출 심한 유니폼이 싸구려 원단이나마 선명한 코발트블루 색상이라 라이거 맥주가 오늘부터 행사 들어왔나 보다고 J는 생각했다.

　떠들썩한 내레이터 모델들과 대조적으로 구슬아이스크림은 구석에 조용히 앉아 시집을 읽고 있었다. 어딘지 다른 사람들과는 거리를 두려는 듯한 조심스런 몸가짐이, 왁살스런 여직원 휴게실에서의 그녀를 더욱 두드러지게 만들었다. 게다가 그녀의 유니폼은 판매직원과도 다르고 안내직원과도 다르다. 감색 타이트스커트에 흰 블라우스를 깨끗하게 받쳐 입고, 분홍색 앞치마, 앙증맞은 구슬이 박혀 있는 야구 모자를 쓴 그녀는 화사한 유니폼 덕에 백화점 내에서 뭇 여직원들의 부러움을 한 몸에 받는 존재였다. 똑같은 옷에 똑같은 말투, 똑같은 웃음을 웃어야 하는 백화점 직원들에게 단 한 벌뿐인 유니폼은 그 자체만으로 선망의 대상이 되었다.

"티 내고 있네. 되도 않게 책은 무슨……."

누군가 하는 말을 뒤로하고, J는 두 계단씩 성큼성큼 2층까지 뛰어 올라갔다. 백화점 직원들은 손님용 엘리베이터나 에스컬레이터를 이용할 수 없게 되어 있었다.

2층 여성 캐주얼부, 란제리 코너의 복도에 여직원 스무 명이 양옆으로 마주보고 길게 늘어서 있었다. 대열 끝 가운데서 김 대리가 뛰어오는 J를 노려보았다. 오늘은 웬일인지 부점장까지 조회에 나와 서 있었다. 가쁜 숨을 몰아쉬는 J를 보고 부점장이 김 대리 쪽으로 어깨를 기울이고는 무어라 귓속말을 했다. 40대 중반의 부점장 얼굴에 기름기가 번지레했다.

"야, 트라이. 너, 느네 본사에 얘기해서 애 바꿔 달라 그런다. 내가 조회 시간에 늦지 말라 그랬어, 안 그랬어?"

김 대리는 서른도 안 된 총각인데 자기보다 나이가 많은 주부 직원들에게까지 무시로 반말을 했다. 관리직원들은 친절 교육을 시키는 순간에도 턱턱 말을 놓으며 끝없이 불친절하게 구는 자들이었다. 그들은 반말과 윽박지름을 통해 판매직원들을 닦달해야만 매출이 신장된다고 믿는 사람들인 것 같았다. 그도 그럴 것이 제아무리 심성이 좋은 사람이라도 입사 후 보고 배운 게 그것뿐일 때에야 도리가 없는 것이다.

"트라이 아닌데요. 언더센슨데요."

J가 작지만 분명한 목소리로 말했다. 다른 직원들이 J의 당돌한 말투에 쿡쿡 웃음을 삼켰다. 김 대리는 입을 다물고 가늘게 실눈을 뜨고서 뜨내기 임시직원인 J를 쳐다보았다. 그의 침묵이 조회 시간을 살벌한 분위기로 만들었다. 그런데 옆에 서 있던 부점장이 피시식 바람 빠지는 소리로 웃었다. 그 통에 김 대리도 앙다물었던 입을 씰룩이며, 그래, 잘났다. 언더센스! 그거 완전 듣도 보도 못한 잡푠데, 넌 오늘 잘릴지 내일 잘릴지 몰라 인마, 앞으로 잘해, 목소리가 누그러졌다.

"트라이도 팔긴 파는데요."

"하 애, 아주 웃기는 애네?"

어이없다는 듯 헛웃음을 친 김 대리는 부점장을 흘낏 쳐다보더니 더 이상 J와 대거리를 하지 않은 채 그날의 전달사항을 얘기하기 시작했다. 사실 김 대리는 간이 매대의 하루 매상이 배 이상 뛴 것을 흡족해하고 있었다. 가끔 J가 서 있는 후문 쪽에 와서 느긋하게 속옷들을 뒤적이며, 이거 다른 색깔은 없니? 농을 걸다가 가기도 했다. 바겐세일 기간 중에는 폐점 시간이 두 시간 늦춰진다는 말로 조회가 끝났다. 흩어지는 직원들 틈에 끼어 걸어가는 J의 뒷모습을 보며, 부점장이 다시 김 대리에게 귓속말을 건넸다.

J가 포스에서 조장에게 쇼핑백과 카드전표를 달라고 말했다. 조장이 J에게 말을 붙여 왔다. 그녀의 화장기 없는 얼굴에 흐린 밤색 주근깨가 눈 밑에 점점이 흩어져 있었다.

"언더센스 언니, 아까 진짜 짱이더라. 오나가나 담탱이들은 왕재수야, 그쵸?"

그녀는 아직도 담임과 담당을 구별 못 하는 여고생 같았다. 조장의 웃는 얼굴이 드물게 부드러웠다. 백화점에서 일한다고 해서 다 백화점 정직원은 아니다. 판매직원일 경우는 대개 입점한 점포의 사장이 채용한 사람들이 많았고, 식품부의 계산대나 포스처럼 많은 돈을 만져야 되는 경우는 백화점에서 직접 채용했다. 아무려나 상업계를 나와서 은행이나 일반 회

사가 아닌 백화점으로 왔다면 그렇게 잘 풀린 경우는 아니었
다. 그만큼 백화점이라는 데가 일은 고되고 보수는 적은 곳이
었다.

"포스 언니야, 내 이름 언더센스 아냐. 앞으로는 J라고 불러."

그녀는 재미있다는 듯 깔깔거리면서, 웃느라 숨이 차는지
또박또박 내, 이름은, H, 라고 말했다. 백화점 직원에게 웃음
아닌 다른 표정이 있을 수 없는 것처럼, 그들에게는 자기만의
이름이 없었다. 아니, 원래 이름 대신 새 이름이 생겼다. 팔고
있는 물건이나 상표명에 일괄 언니라는 호칭을 붙여 불렀다.

J가 '긴급 세일, 유명 속옷 70~50% SALE, 언더센스'라고
쓴 두 장의 피오피 포스터를 바라보았다. 귀퉁이가 해져서 교
체할 때가 된 것 같았다. 다음엔 아예 '트렁크 팬티 3장 5000
원! 남녀 런닝 2장 5000원!'이라고 붉은 글씨로 큼지막하게
써 달래야겠다고 생각했다. 어차피 싸구려인데 좀 노골적이
면 어떠랴 싶었다.

여대 앞에서 생리대를 돌리고 '직원 구함'이라고 쓰인 종이
를 보고 들어간 곳이 속옷 가게였다. 가게 주인에게 일자리를
구한다고 말하면서도 J는 자신이 백화점에서 일하게 될 줄은
몰랐다. 그 가게는 규모가 꽤 커서 따로 직영 공장까지 갖추고

있었는데, 그 공장에서 나오는 제품이 바로 '언더센스'였다. 사장이 어떻게 수완을 부렸는지 비록 임시이긴 했지만 번듯한 백화점으로 납품을 하게 되면서 따로 직원을 두게 됐다는 것이다. J는 판매 일이 처음이었지만 이력서에다, 두 군데 백화점에서 일한 경험이 있다고 썼고 그 자리에서 채용되었다.

백화점 후문 앞에는 언더센스 말고도 아이스크림 마차, 배달 신청창구, 이미테이션 장신구 판매대, 유행 지난 메이커 핸드백 판매대가 옹기종기 모여 있었다. 엘리베이터가 도착할 때마다 차임벨이 울렸다. 손님들은 화려한 옷을 입고서 백화점에 왔다. 후문에서만큼은 손님의 옷을 보고 대우를 달리하는 일 따위는 드물었다. 문지기처럼 서 있다 보면 낯이 익는 단골들도 보였다. 손님이 없을 때 J는 얼굴이 익숙한 단골들에게 무람없이 인사를 건네기도 했다. 그 인사는 대체로 무시되었다. 호객행위로 취급된 때문이었지만 때로는 가볍게 눈인사를 하고 지나가거나, 다가와 샘플 속옷을 만지작거리다 가는 손님들도 생겨났다.

회전문이 돌아갈 때마다 밖의 공기가 안으로 밀려들어 왔다. 시계와 창문이 없어 시간의 흐름을 알 수 없게 만드는 백화점에서 J는 해가 기울고 어둠이 깔리는 과정을 내다볼 수 있는 자리에 있었던 것이다. 그러나 정작, 2주일 동안 환한 대낮에 거리를 걸어 본 적은 한 번도 없었다.

"아가씨, 이거 정말 세 장에 5천 원이야?"

고급 양복을 입은 대머리 손님이 J에게 물었다. 그는 페라가모 무늬가 들어 있는 트렁크 팬티를 들고 있었다. 물론 짝퉁이었다. 네. J가 대답하자 대머리가, 너무 싼 게 이상한데? 아무래도 이상하잖아. 아가씬 이상하지 않아? 미심쩍은 듯이 말했다. J는 얼른 그 옆 물방울무늬 트렁크를 집어 들었다.

"너무 싸서 싫으세요? 사실 저는 그 제품보다 이걸 권해 드리고 싶어요. 만져 보세요. 저것보다 톡톡하지요? 허리 부분도 천으로 감싸 놔서 훨씬 부드럽구요. 피부 민감하신 분들께는 꼭 이걸 권해 드려요. 근데 이건 저것만큼 싸지는 않아요."

대머리는 각가지 무늬와 색으로 두 장에 만 5천 원 하는 트렁크 팬티를 넉 장이나 사갔다. 그는, 아가씨 친절하네, 라는 말을 남겼다. J는 즐거웠다. 이것이 내 장사라면 얼마나 신날까, 한편으로 아쉽기도 했다.

점심시간이었다. 구슬아이스크림에게 판매대를 맡기고 지하 식당에 내려온 J는 옆에 앉은 직원들의 소리를 들으며 묵묵히 밥을 먹었다. 그들은 드라마 이야기로 한참 열을 올리더니, J가 알 만한 직원을 반찬 삼아 씹기 시작했다. 진짜, 그년 재수 없게 생기지 않았니? 휴게실에서 책 읽을 때 뒤통수를 확 갈기고 싶다니까! J는 직원들이 왜 구슬아이스크림을 그렇게 미워하는지 알 수 없었지만, 자신과 상관없는 일에 끼어들고 싶지 않았다.

"너, 혹시 저번에 신동엽 왜 짤렸는지 알아? 로스가 너무 많이 났는데, 담당이 그걸 개한테 뒤집어씌운 거 있지."

눈과 눈 사이가 지나치게 가까워 신동엽이란 별명이 붙은 직원 이야기였다. 그녀는 특이한 외모 때문에 '스타킹 언니'가 아닌 사람 이름으로 불렸다.

"어머머, 왜? 원래 로스 3프로는 인정해 주는 거 아냐?"

"누가 아니래? 근데, 그 스타킹이 열나 비싼 거였잖아. 누가 하나만 쎄버 가도 삼사만 원씩 비는데, 그걸 어떻게 3프로에 맞춰?"

J가 씹고 있던 된장국 건더기를 우물우물 삼키더니 식판을 들고 일어섰다.

자리에 돌아온 J에게, 점심 때 손님 많았어, 구슬아이스크림이 말했다. J는 고맙다고 말하고 돈을 챙겨 2층 포스에 가기 위해 엘리베이터 쪽으로 걸어갔다. 요 며칠 새, J는 직원이 탈

수 없게 되어 있는 엘리베이터를 자주 이용했다.

올라가는 엘리베이터는 텅 비어 있었다. 금색 장식으로 휘감긴 엘리베이터 내부는 사면이 금 거울로 된 방 같았다. J는 마음 놓고 갖고 있는 돈을 부채처럼 펼쳐 보았다. J는 만 원, 5천 원, 천 원짜리가 섞여 있는 지폐 다발 중에서 만 원 한 장을 빼 들었다.

집으로 돌아가는 버스 안에서 J는 비로소 마음이 놓인다. 울고 싶어도 마음껏 울 수 없는 곳이 백화점이다. 마음먹고 울려고 하지만 버스 안에서도 눈물은 나오지 않는다. 그저 코끝이 매울 뿐이다. 외투 소매로 코끝을 찍어 내다 J는 가방을 뒤적여 휴지를 찾는다. 여대 앞에서 나눠 주고 남은 티슈가 나온다. 휴지를 꺼내 코를 풀고 바지 주머니에 넣으려고 했으나 꼭 죄는 청바지를 입고 있어서 쉽게 들어가지 않는다. J가 의자에서 엉거주춤 일어선다. 옆에 서 있던 육덕 좋은 여자가, J가 내리려는 줄 알았는지 어깨에 걸쳤던 핸드백을 손에 말아 쥔다.

휴지 안에 들어 있는 두꺼운 종이를 접으려는데 따는 선 안쪽에 흰 종이가 살짝 보인다. 거기에 뭔가가 씌어 있다. J는 도로 버스의자에 앉아서 빳빳한 종이를 끄집어낸다. 육덕 좋은 여자는 끈을 풀어 핸드백을 다시 어깨에 걸친다. J는 하늘색 마스크를 쓴 무스탕을 떠올리며 종이에 적힌 문구들을 천천히 읽어 내려간다.

여성 도너 구함. 불임부부를 도와주실 분을 찾습니다. 만 20~29세의 신체 건강하고 용모 단정한 여성분. 도와주신 분께는 최선의 사례를 할 것임.

도너? J는 고개를 갸우뚱한다. 아무리 생각해도 알 수 없는 단어지만 최선의 사례라는 표현이 마음을 끈다. 버스에서 내려 J는 잠시 망설인다. 이윽고 종이에 적힌 번호로 전화를 건다.

글겅거리는 여자 음성이 들려온다. 무스탕의 목소리가 어땠는지 떠올리려 하지만 잘 기억이 나지 않는다. 전화를 했으모 퍼뜩 말을 하이소, 심한 사투리가 이쪽을 나무라자, 내심 반가운 기분마저 들지만 무스탕이 자신을 기억하지 못할까 봐 걱정이다. 눈이라도 한바탕 쏟아질 듯, 가로등에 얼비친 하늘이 무겁게 내려앉아 있다. 3월에도 눈이 왔던가, J가 잠깐 딴 생각을 한다.

"저기요, 아줌마. 혹시 전에 신촌에서 생리대 나눠 준 알바

생 기억하세요? 저, 제가 그 사람인데요. 휴지에 적힌 거 보구 전화 드렸거든요."

무스탕은 잠깐 기억을 더듬는지 뜸을 들이곤, 하모, 기억난다, 니, 일 똘똘하게 했는갑데, 이내 정색을 하며 반긴다. 무스탕은 다짜고짜 만나자고 말했고, J는 더 생각할 것도 없다는 듯이 그러자고 대답한다. '최선의 사례'라는 말만을 생각한다.

늦은 시각이었지만 무스탕이 말한 다방에는 손님이 꽤 많다. 다방 안은 담배연기 때문에 안개에 쌓인 듯하다. 녹조가 달라붙은 더러운 어항 속에서 비단잉어 서너 마리가 느리게 헤엄친다. J는 잎 넓은 화초가 놓여 있는 좌석으로 들어간다. 안 그래도 조도 낮은 다방 불빛에다 화초 잎사귀 때문에 좌석은 어스레한 그늘 속에 잠겨 있다. J는 종업원이 가져다준 미지근한 물을 홀짝이며 무스탕을 기다린다. 커피 잔 자국이 끈끈하게 말라붙은 다방 탁자를 티슈로 닦는다. 플라스틱 재떨이에는 군데군데 검게 탄 흔적이 남아 있다. 곧바로 오겠다던 무스탕은 쉽사리 나타나지 않는다. 이따금, 목재 카운터에 앉아 있는 종업원이 J가 앉은 쪽을 흘끔거린다. 눈이 마주쳤다간 주문을 받으러 올까 봐 J는 가능한 고개를 숙인 채 움직이지 않는다. 무스탕이 오지 않으면 애꿎은 찻값만 날리지 싶었던 것이다.

둔중한 구둣발 소리가 J가 앉아 있는 테이블 앞으로 다가온
다. 무거워 보이던 무스탕 대신 가뜬한 니트를 맵시 좋게 떨쳐
입은 무스탕이다. 나부죽한 얼굴에 공들여 화장을 했는지 어
두운 조명 속에서도 이목구비가 뚜렷하다. 그 덕분에 거리에
서 보았을 때보다 열 살은 어려 보인다. 무스탕이 엉덩이를 소
파 깊숙이 묻는다. 골지 원단으로 덮개가 씌워진 소파에서 풀
썩 먼지라도 일어날 듯하다.

"펭범한 얼굴이라 유리하겠데이. 참, 니 나가 멫이라 했드
노?"

거두절미한 질문이다. 스물일곱요. J가 다 기어들어 가는 목
소리로 대답한다. 일곱이라? 일곱이면 노털이다. 제값 받을라
모 멫 살 줄이야 쓸 끼고, 그래도 펭범한 얼굴이라 비슷한 사
람은 많을 끼고……. 무스탕은 핸드백에서 반으로 접힌 A4 종
이 몇 장을 꺼내며 혼자만 아는 이야기들을 중얼거린다.

"근데, 무슨 일 하는 거죠? 도너가 뭐 하는 건데요? 일당제
는 아닌 것 같든데……."

무스탕은 종이를 펼치다 말고 새삼스런 눈길로 J를 건너다
본다.

"니, 참말 몰르고 전화했드나? 검색도 안 해보고? 보기보다 맹탕이네. 이거 보문 안데이."

무스탕이 손가락으로 접힌 종이를 펴서 J 앞으로 밀어 놓는다. J가 서류를 읽는 동안 무스탕은 주스 두 잔을 시킨다. 무연한 눈길로 미니스커트를 입은 종업원의 뒤태를 바라보던 무스탕이 핸드백을 뒤져 담배를 꺼낸다. 담배를 끼운 손톱 끝에 펄이 들어간 보라색 에나멜이 칠해져 있다. 무스탕은 가느다란 담배에 불을 붙여 한 모금 맛있게 빤 후에 가래침을 훑어 올려 재떨이에 뱉는다. 꺼룩한 가래침이 재떨이 바닥에 달라붙는다. 무스탕이 쌍꺼풀 진 눈을 새치름하게 뜨고는 은근한 말투로 J에게 말한다.

"이기 불법이기는 해도, 불임부부도 돕고 돈도 번다 아이가. 벨로 몸 축나는 일도 아이다. 어짜피 멘스로 흘려 버릴 꺼 넘 노놔 주는 일인 기라. 작자만 잘 만나면 5백까지 간다. 솔직한 말로, 내 앞으로 떨어지는 건 벨로 읎다. 다 좋은 일 하자고 하는 기제."

아줌마, 생각해 보고 연락드릴 게요. J가 '난자기증 서약서'라고 쓰인 서류들을 챙겨 일어서려 하자, 무스탕은 주스나 마시고 천천히 일어서라고 말한다. 니 급전 쓸라카나 본데, 전화

번호나 줘보구 가래이. 무스탕이 옥니를 드러내고 웃는다. 급
전이라는 말에 J가 움찔한다. 핸드폰이 없다는 말 대신 전화
드리겠다는 말을 남긴다.

　퇴근 무렵 탈의실은 하루치의 피로감에도, 활기차게 지껄
여 대는 여직원들의 즐거운 목소리로 술렁였다. 비좁은 통로
에서 서로 엉덩이를 부딪쳐 가며 옷을 갈아입어야 하지만 간
간이 웃음소리도 터져 나왔다. J는 치마를 벗기 전에 아침에
캐비닛에 던져 두었던 팬티 두 장을 껴입었다.

　옷을 갈아입은 J가 백화점에서 나누어 준 투명한 가방 속에
지갑과 유니폼을 챙겨 넣었다. 누렇게 찌든 블라우스가 손님
들에게 불쾌감을 줄까 봐 신경이 쓰인 데다 우선은 땀 냄새가
J 자신에게도 못 견딜 정도였다.

　후문 앞에는 몸 빠른 직원들이 두 줄로 길게 늘어서 있었
다. 들어올 땐 마음대로 들어와도 나갈 땐 마음대로 못 나가는
곳이 백화점이다. 한쪽만 열어 놓은 문 양옆에 눈매가 날카로
운 청원경찰 하나와 감청색 모자를 눌러쓴 수위가 직원들의
가방을 검사하는 중이었다. 새로 산 물건을 갖고 나가는 직원
은 현관에서 영수증을 보여 주어야 반출이 가능했다. 멋모르

고 처음 며칠 동안 배낭을 갖고 다니던 J도 이즈음엔 백화점 로고가 큼지막하게 찍혀 있는 촌스러운 투명 백을 들고 다녔다. 백화점에서 지급해 준 투명 가방을 사용하는 직원은 비교적 빨리 통과되었다.

청원경찰 몇 걸음 뒤에서 뒷짐을 지고 큼큼거리며 서 있던 부점장이 차례를 기다리던 J를 불러 세웠다. J는 주춤거리며 걸어가 말없이 부점장에게 투명 가방을 내밀었다. 가방 안에 걸릴 게 없다는 뜻이었다.

"됐고. 언더센스 담당 맞지? 너, 손님용 엘리베이터 탄 적 있어, 없어?"

덮개를 씌워 놓아 검정색 봉분처럼 보이는 판매대를 턱으로 가리키며, 따라와, 부점장이 명령조로 말했다. 부점장의 두툼한 입술이 검붉고 축축했다. 고압적인 자세로 뒷짐을 진 채 걸어가는 부점장의 검정색 양복 상의에 비듬이 눈처럼 떨어져 있었다.

사무실에는 냉기가 감돌았다. 다른 직원들은 모두 퇴근을 했는지 책상 위에 전표나 장부 따위가 흩어져 있었다. J는 사무실 제일 안쪽에 있는 부점장 자리로 끌려갔다. 부점장은 듬성듬성한 앞 머리털을 쓸어 넘기더니 의자 하나를 가져다주었다. 편히 앉아. 부점장의 말투가 많이 누그러져 있었다. J가 의자 끄트머리에 대충 엉덩이를 걸쳤다.

허리를 구부려 책꽂이를 뒤적이던 부점장이 노란색 파일을 꺼내 펼쳤다. 손가락으로 한가하게 파일을 톡톡 치던 부점장이, 동작을 멈추고 콧구멍을 후비적거리더니 코털 하나를 뽑아 불어 날렸다. 그러고는 파일을 J 앞에 밀어 놓았다. J가 서류를 보려고 몸을 숙이자, 부점장은 인조가죽 의자에 몸을 묻은 채, 깍지 낀 손을 튀어나온 배 위에 올려놓았다. 파일 안에는 흑백 사진이 인쇄된 서류가 들어 있었다. 언뜻 봐서는 무슨 사진인지 알아보기 힘들었다. J는 사진을 일별하고 의아한 눈길을 부점장에게 보냈다.

"내가 볼 땐 네 사진 같은데, 찍힌 줄 몰랐나? CCTV 화면 캡처한 건데……. 고객 엘리베이터 탔다고 여기 와 앉은 건 아니라는 거, 네가 더 잘 알 테고……. 언제부터야?"

J가 다시 파일 쪽으로 몸을 깊숙이 숙였다. 바투 묶은 머리 모양이며 넓은 이마, 촌티 나는 흰 커버양말, 무엇보다 부채 같은 것을 들고 있는 게 자신이 분명했다. 부점장은, J가 부정하면 사진이 아니라, 2주일분 비디오테이프를 판독해 보여 줄 생각이었다. 보안용 CCTV 카메라가 설치돼 있다는 것을 생

각지도 못한 J가 아무도 없는 엘리베이터 안에서 지폐를 양말 속에 숨기는 장면이 테이프 안에 고스란히 녹화되어 있었다. 할 말을 찾지 못한 채 사진에 눈을 박고 앉은 J에게 부점장이, 이거 형사사건이야, 자, 어떡할래? 차갑게 말했다.

"죄송합니다. 한 번만…… 봐주세요. 진짜 몇 번 안 했어요. 믿어 주세요. 판매 총매출의 로스 3프로는 인정된다고 하드라구요. 시키는 건 뭐든 다 할게요."

부점장이, 시키는 건 뭐든 다 한다구? 되물었다. 꼭뒤를 질린 듯, 네에, J가 눈을 내리깔며 작게 대답했다. J에게 눈을 고정시킨 채 부점장은 한동안 아무 말이 없었다. 단단한 침묵이 J의 가슴을 무겁게 짓눌렀다.

J는 결심한 듯 두 손을 뻗어 부점장의 두툼한 오른손을 잡았다. 그리고 부숭부숭하게 털이 난 부점장의 손을 자신의 가슴으로 끌어당겼다. 딱 한 번만 눈감아 주세요, 네? J의 목소리가 심하게 떨렸다. 딱 한 번만요. J는 암암한 심정으로 같은 말만 되풀이했다. 다만, 두 장의 팬티를 껴입은 것이 탄로 나면 또 어쩌나, 그것이 걱정이었다. 왠지, 그것마저 걸리면 너무 억울할 것 같았다.

"너 같은 애들이 다 그렇지, 별수 있어?"

부점장이 손을 우악스럽게 빼내며 말했다. 못 먹을 거라도 입에 들어간 것같이 씁다 뱉는 말투였다. 그가 얼굴을 모로 돌린 채 천천히 팔을 뻗어 연필꽂이에서 모나미 볼펜을 꺼내 딸깍이기 시작했다. 그럼…… 어떡해요? J가 주눅 든 음성으로 쥐어짜듯 겨우 말했다. 사무실은 볼펜에서 나는 소리로 가득 찼다. J가, 제발 그것 좀, 그만하세요, 외치고 싶어진 순간, 부점장이 무뜩 손놀림을 그치더니 사진 아래에다 114라고 썼다.

"메워 넣어. 네 입으로 로스 3프로라고 했지? 언제부터, 몇 번 했나는 중요하지 않아. 하루 만 원 치고, 2주일이면 14만 원, 벌과금 100이면 억울할 거 없겠지? 이건 내가 정한 게 아냐, 내규지."

J는 무스탕이 준 서류를 다시 한 번 읽어 본다. 평범한 외모라서 유리하겠다는 말이 이해된다. '난자기증 서약서'에는 혈액형과 피부색부터 쌍꺼풀 유무, 곱슬머리에 이르기까지 외모에 대해서 세세히 적게끔 칸이 나뉘어 있다. 난자를 사려는 사람은 최대한 자신과 비슷한 외모의 도너를 고른다는 것이다. 머리카락은 직모-완전곱슬-반곱슬-살짝곱슬 중에서 고르게 되어 있다. J는 직모에 동그라미를 친다.

학벌이 높으마, 웃돈까지 얹어 준데이. J에게서 서류를 돌려받은 무스탕은 눈 하나 깜짝하지 않고, 학력 란에 'E대학원 재학'이라고 적어 넣는다. 그까짓 재학증명서 따위는 서비스하는 셈 치고 자기가 만들어 주겠다는 이야기도 한다. 나중에라도 친권을 주장하지 않겠다는 각서에 지장을 찍으며 J는, 자신에게도, 팔 것이 있다는 것이, 놀랍다고 생각한다.

다방 창문 밖으로는 때 아닌 봄눈이 분분히 날리기 시작한다.

밤소풍

잠들지 못하는 밤, 일기장 갈피에 끼워 놓은 과속딱지를 정독한다. 귀하의 차량이 오른쪽과 같이 법규 위반한 사실이 확인되어 과태료 부과대상이 되었기에 통지합니다. 모년 모월 모시 모처. 조수석이 까맣게 가려진 흑백사진을 오래 들여다본다. 고지서 속 검정 네모 뒤에 숨은 그녀는 어떻게 생겼을까. 운전석으로 시선을 옮긴다. 흐릿한 사진이지만 각진 턱선이며 짧게 쳐올린 헤어스타일이 남편이다. 문득 그 얼굴이 매우 낯설다는 사실을 깨닫는다. 무표정한가 하면 어딘가 슬퍼 보이는…… 전방을 응시하고 있지만 아무것도 보고 있지 않은 듯한…… 단 한 번도 본 적 없는 얼굴이다.

남편은 오늘도 돌아오지 않을 모양이다. 휴대전화는 꺼져 있다. 회사에 전화를 해보니 한 달 휴직을 했다고 한다. 아, 그런가요? 남 이야기를 들은 것처럼 무덤덤하다. 쉬고 싶다는 말을 늘 입에 달고 살았던 사람이니까. 며칠 전 남편은 한밤중에 고속도로 위를 달리고 있었다. 사는 게 재미나서 세월이 빨리 흐른다고 느끼던 시절도 있었다. 삶은 데데하고 지루한데 시간은 갈수록 속도를 올린다. 그나마 다행이다.

무방비한 자세로 잠들어 있는 고양이를 바라본다. 고양이의 잠이 탐난다. 몸을 돌돌 말고, 긴 꼬리로 눈을 가린 채 다만 몇 시간만이라도 늘어지게 자고 싶다. 내 눈빛은 아마 탐욕으로 빛나지 않을까. 고양이가 되고 싶다. 열없는 생각을 하며 슬며시 화장대 거울을 본다.

묘하게 번들거리는 눈이 이쪽을 건너다본다. 광기를 품은 아줌마 해병대 한 명이 시니컬한 표정으로 나를 비웃고 있다. 동네 슈퍼마켓 아줌마가 못 알아보는 것도 무리가 아니다. 까맣게 죽은 피부, 도드라진 광대뼈 아래 우묵하게 꺼진 볼, 윤기 없이 갈래갈래 튼 입술. 복 없게 생긴 얼굴을 말라빠진 모가지가 힘겹게 받치고 있다. 그 여자가 거울 속에서 어깨를 늘어뜨린 채 의자에 걸터앉아 있다. 헐렁한 티셔츠 자락과 브래지어를 동시에 걷어올리자 거울 속 여자의 볼품없는 상반신이 비친다. 쪼그라든 유방과 선명하게 윤곽을 드러낸 갈비뼈. 물기라고는 한 점도 없이 바스라질 것 같은 비루먹은 고깃덩이가 앉아 있다. 그럼에도 욕망은, 거울처럼 선명하다.

"이런 몸을 좋아할 남자는 아무도 없을 거야. 난 끝났어."

엎치락뒤치락 이 생각 저 생각을 하던 끝에 잠들어 있는 고양이에게 기어이 해찰을 부린다. 꼬리를 잡아당겨 잠을 깨운다. 귀찮은 듯 돌아눕던 녀석이 귀를 쫑긋 세우고 등을 구부리며 기지개를 켜더니 이내 침대에서 뛰어내린다.

세탁기에 빨래를 넣는다. 아무렇게나 벗어 놓은 양말을 뒤집고 아이 점퍼에서 만화카드며 팽이를 꺼내 세탁기에 올려둔다. 남편의 청바지 속에서 영수증과 담뱃갑 포장비닐 따위가 나온다. 편의점에서 담배와 팬티를 산 내역이 꼬깃꼬깃 구겨져 있다. 남편은 집에 돌아오지 않는 동안에도 깔끔하게 자기관리를 하고 있는 것이다. 그 여자는 왜 남자친구에게 속옷 한 장 사주지 않을까, 어려서 뭘 모르는 걸까. 화가 난다. 내가 갖고 싶은 것을 이미 갖고 있는 존재들에게 질투가 난다. 그녀를 만나 보고 싶다. 아니다. 잠깐이라도 마주치고 싶지 않다.

옷장 서랍에서 남편의 속옷들을 꺼낸다. 생각보다 많은 양이다. 그 어느 때보다 남편에게 예쁜 옷을 많이 사주고 있다는 사실을 새삼 깨닫는다. 나이 어린 여자에게 내 남편이 구질구질하고 늙은 아저씨로 보이는 게 싫다. 스팀을 내가며 한 장 한 장 공들여 다림질을 한다. 속옷을 다려 입으면 바람이 난다는 이야기를 들은 적이 있는데 나는 시쳇말과 반대되는 짓을 하고 있다.

시간 간격을 두고 수면제 두 알을 먹었지만 나는 끝내 잠들지 못한다. 이 약은 약국에서 살 수 있는 수면유도제와 다르니까 과다복용해서는 안 된다. 약을 먹는 대신 일기장에 편지를 쓴다.

당신에게

바깥에 잠깐 나갔다 왔는데 부엌이 물바다야. 싱크대를 열어보니 세탁기 호스에 아주 작은 구멍이 나 있었어. 밸브를 잠그고 물을 닦아 내고, 구멍을 어찌해야 하나 궁리하다 달라붙는 모든 물건들을 끄집어냈어. 순간접착제, 청테이프, 박스테이프, 목공본드, 에폭시……. 부품을 사다 새로 갈기 전에는 이 물건들이 모두 미봉책에 불과하다는 걸 알겠더군. 호스를 테이프로 친친 감고 있으려니 언젠가 당신 누나가 했던 말이 떠올랐어. 그때 누나는 문이 두 짝 달린 냉장고를 새로

76

사들인 참이었어. 내가 부러워하니까 그러대.

"결혼해서 10년쯤 지나면 가전제품이 하나씩 고장 나기 시작해. 그러면 차례로 바꾸는 거야."

왜 그랬을까. 그 말이 한참 지난 지금까지도 선명하게 남아 있어. 비단 가전제품 이야기만으로 들리지 않았나 봐. 당신은 누나에게 이렇게 말했을지도 모르지.

"누나, 내 마누라가 고장 났어. 아주 못쓰게 돼버렸지. 어디 가서 바꾸나?"

잔고장이라면 적당히 수리해 쓸 수 있겠지만 속수무책 망가진 것은 버리고 아쉬운 대로 혼자 살아야겠지. 쓸 수도 없는 물건 껴안고 살면 괜히 번잡스럽게 자리만 차지하잖아. 내가 그런 배우자라서 당신의 연애에 대해 왈가왈부하면 안 된다는 것을 뼈아프게 인정하고 있어.

당신은 나 자신조차 미처 들여다보지 못했던 내 존재 가장 밑바닥, 악취 나는 본질까지 봐버린 게 아닐까. 그런 생각이 들자 악, 하는 비명이 심연에서 터져 나왔어. 당신 마음에서 아내가 완전히 지워졌다는 사실을 받아들여야 하니까.

언제까지라도 기다리겠다는 말, 변함없이 사랑하겠다는 다짐은 역시 헛소리야. 그러나 무슨 일이 있어도 먼저 헤어지자고 하지 않겠어. 당신이 꼭 그래야 하겠다면 하고 싶은 대로 해주려고 애써 볼게. 굉장히 쓸쓸하고 고통스러운 삶이 되리라, 각오하고 있어. 당신은 더 이상 내게 너그러울 이유가 없다고 했어.

아이 밥 챙겨 주고 나도 먹으려고 했는데 아직 못 먹겠어. 예전 당신처럼 10킬로그램쯤 몸무게가 빠질 모양이야.

거기까지 쓰고 수면제 한 알을 더 삼킨다. 약효가 없다. 생존을 위해 필요한 먹고 자는 걸 잊은 지 2주일을 넘어선다. 물과 담배만으로도 살 수 있다는 게 신기하다.

"본인이 먹고 자고 정상적으로 살려는 의지가 있어야죠. 집에 가서 약 드시고 주무신 다음에 내일 날 밝으면 정신과 외래로 가세요. 이 약은 남용하면 안 되는 약이에요."

응급실 남자 의사는 파마머리에 뱃살이 두둑해 수더분한 아줌마 같았다. 수면제를 넉넉히 달라고 떼를 쓰는 내게 남용할 수 없을 만큼만 처방해 주었다. 보호자 대기실에서 아들은 장바구니를 꼭 껴안은 채 천장에 매달린 TV를 보고 있었다. 장바구니 속에는 김밥 재료가 들었다. 내일은 아이의 가을 소풍날이다.

한번 맛본 쾌락은 쉽게 포기하기 어려울 만큼 강렬하고 달콤했다. 욕망은 부동산처럼 하방경직성을 띤다. 넓은 곳에 살다 작은 집으로 이사를 가면 당장 숨 막혀 죽을 것 같은 기분이 들고 경직이 풀려 그럭저럭 살 만해지려면 적응할 시간이 필요하다. 외간남자와 놀아날 때는 도무지 이해할 수 없었다. 평생 한 사람만 사랑하겠다는 맹세나 그 사람하고만 살아야 한다는 다짐을 만장하신 여러분 앞에서 공표하다니……. 애초에 결혼이라는 제도를 설계한 사람에게 삿대질이라도 하고 싶은 기분이었는데 정작 남편이 밖으로 나돌자 다른 남자들은 다 시시하고 눈에 안 찬다. 밥이 넘어가지 않고 입에서 악취가 풍길 정도로 담배만 피워 대는 걸 보면 경직이 풀리려면 시간이 더 필요할 듯하다.

작은방에 들어가 아이 옆에 눕는다. 소시지처럼 통통한 손을 만지작거리고 있자니 나른해진다. 졸음이 올 정도는 아니다. 아들의 잠옷 속으로 손을 넣어 불룩한 배를 쓰다듬는다. 왠지 허전하다. 나를 닮아 가늘고 숱이 적은 머리카락을 쓸어 준다. 이마가 땀에 젖어 축축하다. 열이 많은 체질은 제 아빠를 닮았다.

생각보다 아이들은 눈치가 빠하다. 책가방을 멘 채 목을 구부정하게 숙이고 걷는 것도 내 탓인 것 같아서 평소보다 잔소리를 더 많이 한다. 단어를 고르느라 우물쭈물 말을 더듬는 아이를 다그친다. 지나치게 고분고분하게 굴 때는 이 아이가 내 아들로 태어났다는 사실이 가엾다. 우리 부부는 서로를 다치게 하는 방법을 다양하게 찾아내는 데 재능이 있었다. 부모 사이가 나빠지면서 아이는 조숙해지기 시작했다. 아이는 부모가 서로에게 몹쓸 짓을 하는 걸 가장 가까이서 본 사람이다.

"엄마 친구 만나러 갔다 올게. 그사이 아빠한테 전화 오면, 엄마 방금 전에 뭐 사러 나갔다고 해."

엄마가 밤 외출을 하는 동안 아이는 숱한 거짓말을 해야 했다. 나는 다양하게 거짓말하는 방법을 가르쳤고 아들은 착실하게 배웠으며, 또한 상처받았을 것이다. 그 끝에 도벽까지 생겼다. 엄마 지갑에서 슬쩍한 돈으로 PC방에서 게임을 하거나 친구들에게 불량식품을 사주면서 허전한 마음을 달랬던 모양이다.

아들에게 가장 잘못한 일을 하나만 꼽으라면 임신 때 구멍가게에서 2600원짜리 참기름을 훔친 일이다. 늘어진 카디건 호주머니에는 지폐가 서너 장쯤 들어 있었고, 친정에서 양념이며 쌀을 넘칠 만큼 가져다 먹고 있어서 굳이 사먹을 필요도 없었다. 얼마인지 헤아릴 수 없는 돈과 쓸모없는 물건들, 숱한 남의 남자들을 슬쩍해 봤지만 단 한 번도 스스로를 도둑년이라 자책한 적이 없다. 다만, 아들이 무언가를 훔쳐서 호되게 꾸짖고 매를 들 때면, 늘어진 카디건을 입은 만삭의 내가 말한다.

"도둑년아, 그 애를 때리지 마!"

아이 곁에서 일어나 부엌으로 나간다. 시금치를 꺼내 다듬기 시작한다. 아들은 김밥에 시금치보다 오이 넣은 걸 더 좋아하지만 오후에 두 군데 면접을 보느라 느지막이 갔더니 오이는 다 팔린 후였다. 소풍을 앞둔 초등학생 엄마들이 너도나도 오이를 사간 탓이리라.

간식거리와 음료수, 김밥 재료를 사가지고 나오는데 하늘이 노래졌다. 금세 쓰러질 것 같아 마트 앞 계단에 퍼더버리고 앉아 아이에게 전화를 걸었다.

"은행 옆 계단으로 올래?"

아들이 장바구니와 핸드백을 챙겨 들었다. 택시에 올라 내가 기어들어 가는 목소리로 병원이라 말하자 아이가 기사에게 또박또박 알렸다.

"병원으로 가주세요."

병원에서는 제 아빠에게 전화를 걸더니, 눈치를 보며 아빠가 '정말로 바쁘다'고 전했다. 아마 통화를 하지 못했을 것이다. 집으로 돌아오는 내내 아이는 내 손을 놓지 않았다. 그리고 끝까지 장바구니를 잃어버리지 않았다. 열 살짜리 아들이 남편보다 의젓했다.

장바구니 안에서 오래 눌린 탓에 시금치는 약간 시들었다. 어떻게 시금치에서 단맛이 나지? 포항초무침을 좋아하던 남편은 지금 그녀와 무엇을 먹고 있을까. 가스레인지에 냄비를 얹어 놓고 물을 끓이는 동안 연분홍색 시금치 뿌리를 칼로 베어낸다. 아들의 소풍 도시락을 그 어느 때보다 근사하게 싸주고 싶다.

우리는 서로를 선택한 까닭에 지지고 볶지만 아이는 부모를 선택해서 태어난 게 아니니 아이를 생각해서라도 이러지 말자던 남편의 말이 새삼스럽다. 남편은 종종 냉장고에 '사랑하는 나의 아내에게'로 시작하는 메모를 붙여 놓곤 했다. 그런 메모들은 느슨해지는 신경 줄을 탁 오그라들게 만들었고, 그럴 때면 나도 모르게 뇌까렸다.

"사랑받는 아내는 죽어도 자기만 사랑해야 된다는 건가. 사랑하니까 좀 자유롭게 내버려두면 안 되나? 숨 막혀!"

그땐 자유와 고독이 한 몸이라는 사실을 미처 알지 못했다.

수시로 쪽지를 통해 자신의 심경을 알리는 남편이 부담스러웠다. 잘못을 빌며 편지와 전화를 해야 할 내 쪽에선 외려 냉담했다. 내가 차가워질수록 남편은 호통 대신 더 납작하게 엎드렸다. 무언가 잘못돼 간다고 생각하면서도 대화를 피했다. 꺼내 봐야 칙칙한 이야기들. 애를 생각하라거나 앞으로 정말 잘해 보자거나 정신 차리라거나, 남편의 말들은 뻔했다. 내가 시큰둥하면 사랑한다며 흐느꼈다.

"차라리 저도 바람이나 피울 것이지. 주변머리 없는 인간."

그런 말을 뱉어 놓고 뒤돌아 누가 듣지 않았을까 조바심을 내기는커녕 정말이지 그렇게 된다면 차라리 마음이 편할 것 같았다. 죄책감도 없어질 테고 눈치 볼 것 없이 맘껏 남자들을 만나러 다닐 수 있으니 참 합리적이지 싶었다. 대단히 재미있는 생각이라는 듯 친정언니에게 떠벌이기까지 했다.

"넌 무슨 말을 그렇게 하니? 말이 씨가 된다. 그런 마음이면 이혼할 것이지 왜 그러고 살아? 애 아빠 여자 생긴다. 이게 지옥을 겪어 봐야 정신 차리지."

정말 걱정스러운 듯 미간을 찌푸리던 언니의 이야기는 현실이 되었다.

마늘을 꺼내려고 냉장고를 여는데 음식점에서 나누어 준

자석들 틈에 남편이 마지막으로 써 붙여 둔 메모가 눈에 띈다. 남편은 나를 향해 뻗쳐 있던 촉수를 끊었다는 신호마저 여느 때처럼 간결한 메모로 알려 왔다. '사랑하는 나의 아내에게'는 당연히 빠져 있다. 불가해한 남편의 사랑이 집착인 줄 알았는데, 미처 예상치 못한 순간 간단하게 끊어져 버린 것이다. 그리고 여봐란 듯 띠 동갑의 어린 애인을 만들었다. 남편의 쪽지를 구겨 휴지통에 버린다.

시금치를 무치고 당근을 채쳐 볶고 달걀지단을 부쳐 가지런히 썰고 쌀을 씻어 놓고 뒷설거지를 다 마치고도 아침은 멀었다. 열흘쯤 못 자본 사람이라면 알 것이다. 하루가 얼마나 긴 시간인지. 그 길고 긴 시간이 얼마나 빨리 지나가는지.

MP3를 들고 현관을 나선다. 신문 배달부조차 돌아다니지 않는 새벽녘 아파트 단지는 고즈넉하다. 놀이터를 돌고 또 돈다. 음악을 들으며 헤엄치듯 유유히. 내가 외박을 할 때 남편도 그랬을 것이다.

담배 한 개비에 불을 붙인다. 소프라노의 유리 같은 음색이 새벽공기만큼 차다. 스웨터라도 걸치고 나올걸, 싶은데 누군가 내 등을 가볍게 건드린다. 깜짝 놀라는 동시에 남편일지도 모른다는 생각에 반갑다. 귀에서 리시버를 뽑으며 고개를 돌리자 거기에 나이 스물 서넛 먹었음직한 여자가 서 있다.

"담배 한 대 얻을 수 있을까요?"

누런 가로등 빛에 여자의 얼굴 윤곽이 야구모자 밑으로 얼비친다. 그림자가 짙어 이목구비를 자세히 볼 수는 없다. 여자는 왜 이 새벽에 모르는 사람에게 담배를 구걸하는 것일까. 여자 또한 내게 비슷한 의문을 품을지도 모른다. 나는 주머니에서 담뱃갑을 꺼내 통째 건네준다. 여자에게 돌려받은 곽에서 나도 한 개비를 꺼낸다. 입에 물고 있던 담배는 필터 언저리까지 타들어가 있다. 꽁초에서 불을 댕기고 넘겨주자 익숙한 손놀림으로 불을 붙인다. 리시버를 도로 귀에 꽂고 벤치에 앉은 내 곁에 여자도 따라 앉는다.

"난 조오기 사는데 어디 사세요?"

여자는 우리 동과 마주선 아파트를 가리킨다. 그녀는 누군가와 이야기를 나누고 싶은 모양이다. 나는 다시금 리시버를 뺀다. 뭐라 대답하면 대화가 길어지지 않을까 고민스럽다. 새벽에 뭐 하러 돌아다니느냐, 몇 살이냐, 무슨 일을 하느냐 따위 질문을 받는다면 어떻게 대답을 해야 하나 지레 망설인다. 손가락은 거실 불이 환한 1020동 4층을 가리키는데 말이 헛나간다.

"우리 집은 이 동네가 아니구요. 전에 만났던 남자가 이 동네에 살아서 여기서 자주 놀았거든요. 잠이 안 와서……."

미리 준비라도 해둔 것처럼 거짓말이 자연스럽게 흘러나온다. 말하고 보니 남편을 '전에 만났던 남자'로 지칭한 게 사실 같다.

"그러시구나. 근데 무슨 음악 들으세요?"

"신영옥. 들어 볼래요?"

우리를 우리라 부를 수 있는 건지 모르겠으나, 우리는 나란히 앉아 담배를 나눠 피우며 함께 신영옥을 듣는다. 생목이 올라 벤치 옆에 침을 뱉는다. 동그라미 그리려다 무심코 그으린 얼굴 내 마아음……. 아직 노래가 끝나지도 않았는데, 신영옥은 여전히 동그라미를 그리고 있는데, 담배도 몇 개비 남았는데, 여자가 느닷없이 코를 훌쩍 들이마시며 말한다.

"좋으네요……. 저, 이만 들어가야겠어요. 추워서요. 담배 고마웠어요."

한쪽 리시버를 뽑아서 돌려주며 여자가 일어선다. 총총히 걸어가는 여자의 뒷모습을 바라보며 도리어 그녀에게 몇 살인지, 몇 호에 사는지, 무슨 일을 하는지 붙잡고 이것저것 물어볼 걸 그랬나, 하고 생각한다. 남편의 여자도 저렇게 허리가 잘록할까? 문뜩, 멀어져 가는 여자가 남편의 애인이 아닐까 하는 터무니없는 생각이 든다.

　이만 들어가야겠어요, 추워서요. 나는 거푸 여자의 말을 따라 중얼거린다. 여자의 귀에 꽂혀 있던 리시버 한쪽을 들고서, 추워서요, 한 번 더 발음한다. 리시버를 감싼 검정색 스펀지 위에 귀지가 달라붙어 있다. 그게 내 귀에서 나온 것인지 여자의 귀에서 나온 것인지 알 수 없다. 혹시라도 노래를 다 듣지 않고 가버린 게 내 입에서 나는 악취 때문은 아닌지 민망하다. 그나저나 신영옥의 〈얼굴〉은 정말 좋은 노래인데. 그녀가 앉았던 자리를 손바닥으로 쓸어 본다. 미지근하다. 온기가 남은 쪽으로 옮겨 앉는다. 왠지 버림받은 기분이다. 춥다는 말을 듣고 보니 과연 춥긴 하다. 추위를 느끼자 여지없이 요의가 찾아온다.

　하루살이가 점점이 죽어 있는 계단을 오른다. 오래된 저층 주공아파트라 엘리베이터가 없다. 집은 4층 왼쪽에 있다. 복도가 어둡다고 느끼는 순간 센서 등이 켜지고 지나치게 눈부시다고 생각할 때쯤 꺼지길 네 차례. 내 집이라 여겼던 곳에 다다랐는데 대문이 있어야 할 자리에 문이 사라지고 없다. 벽이다. 쥐고 있던 열쇠를 어디에 찔러 넣어야 할지 알 수 없다.

돌연 나타난 벽 앞에서 주저앉는다. 무용지물이 된 열쇠 꾸러미를 불안하게 짤랑이며 층계를 오르내린다. 센서 등이 총 스무 번쯤 켜졌다 꺼졌을까.

놀이터에 도로 나와 올려다보니 남편과 살던 아파트 거실에는 여전히 불이 환하다. 저 집은 내 집이 아니다. 우리 집은 더더욱 아니다. 그곳에는 여전히 집이 있으나…… 집이 없다.

새벽이내가 끼기 시작한다. 이만 들어가야겠어요, 추워서요. 아까 그 여자처럼 말하고 일어나 가볍게 바지를 턴다. 나는 놀이터 화장실로 들어간다. 참을 수 없는 요의였음에도 오줌 줄기는 가늘게 똑똑 끊어진다. 누군가 써놓은 낙서가 눈에 들어온다.

사랑은 가슴에서 오는 게 아니다.

사랑은 가슴에서 저절로 우러나는 것이라 믿어 왔는데 돌이켜보니 가슴에서 사랑이 나온다고 느껴 본 적이 없지 않은가. 가슴은 유방 언저리를 말하는 걸까, 피부 아래 갈비뼈를 내벽 삼아 불수의근으로 작동하는 심장을 가리키는 걸까.

사랑(사랑이라는 감정)은 뇌하수체에서 온다.

뇌하수체? 뇌하수체 뇌하수체라니…… 읽을수록 난감한. 뇌하수체는 액체인가 고체인가 기체인가. 뇌하수체에서 발원하여 무용하고 유치한 행위들을 감행한 끝에 얻게 되는, 사랑이라는 감정은 녹다 말라 없어지는 한 덩어리 얼음이 아닐지.

사춘기 이전에 뇌하수체 종양 때문에 수술을 받은 사람은 결코 사랑에 빠지지 않는다.

오, 그것 참 편리하군.

"나 연애해. 괜찮은 사람이야. 왜 감춰야 하는데? 너처럼 치졸하게 연애하고 싶지는 않아. 차라리 안 하고 말지. 네 말대로 연애, 좋더라."

감추기라도 하지 그러냐는 힐난에 남편은 '왜?'라고 반문했다. '너처럼 치졸하게'라며…… 불륜을 저지르는 사람들이 외도 사실을 배우자에게 숨기는 까닭은 자신의 욕망을 충족시키되 가족들에게 상처를 주지 않으려는 최소한의 배려다. 치졸하고 비겁한 배려. 들켰을 때는 싹싹 빌고 결혼생활을 유지하거나, 깔끔하게 이혼하거나, 아니면 겉으로 빌면서 더 용의주도하게 연애하거나, 셋 중 하나다. 난 이도저도 아닌 태도를 보였다. 잘못했다고 생각하지 않았으므로 무릎 꿇지 않았고 이혼할 마음은 추호도 없었으며 용의주도하게 연애를 계속하는 시도도 귀찮았다. 마음으로 잘못을 시인할지언정 입 밖에 내고 싶지는 않았다. 대신 간곡하게 남편을 설득했다.

"결혼한 사람은 왜 다른 사람을 만나서는 안 되지? 그런 건 누가 정했는데? 내가 거기에 마음 깊이 동의했다고 누가 그래? 그 사람 못 만나게 하면 안 만나는 거지 뭐. 괜찮아, 당신도 연애해요. 난 인간 대 인간으로 이해할 수 있으니까. 내 생각을 정 못 참겠으면 이혼해."

당신도 연애하라는 말이 정말 그랬으면 하고 바란다는 뜻은 아니었다. 허풍이라도 떨어서 나 자신을 합리화하고 싶었을 뿐이었다. 겪어 보기 전에는 얼마나 파괴적인지 알 수 없는 지옥도 있다는 사실을 그땐 몰랐다.

즉각적인 남편의 행동은 사실 내가 미처 예측하지 못한 부분이었다. 남편은 자기 마누라가 딴 놈이랑 놀아났다는 사실보다 자신을 속였다는 데 더욱 분개했다. 그래서인지 그는 연애가 시작된 순간부터 대놓고 공개했다. 참고 싶으면 참고 못 참겠으면 이혼하자고 설득한 보람을 느꼈다…… 곧 할 수 없지만 그가 제대로 날 이해하기 시작한 건 틀림없었다.

부부란 얼마나 깨어지기 쉬운 관계인가. 싫으면 이혼하자는 제의 속에는 쉽게 깨질 리 없다는 허세가 얼마간 들어 있었으리라. 배짱을 부리며 이혼을 입에 올리던 나는 지금, 결혼이라는 어설픈 제도, 가족이라는 허약한 울타리에 기대고 있다.

"피부는 그 애가 더 탱탱할지 몰라도 섹스는 내가 더 잘해. 그렇지? 그렇지?"

그녀와 나를 동시에 발가벗겨 놓고 심사를 받으려고 한 적도 있다. 남편이 의기양양해했던가, 황당해했던가. 잘 기억나지 않는다. 어차피 기억은 거짓말을 할 때가 많다.

남편이 연애를 시작하고 가장 괴로운 건 돈 문제였다. 공과금에 연체료가 붙기 시작했다. 어렵사리 남편과 통화가 됐을 때 생활비가 떨어졌다는 사실을 알렸다.

"너 먹을 건 네가 벌어."

남편은 재우쳐 밤에 전화하지 말라고 신신당부했다. 어차피 전화기는 꺼놓겠지만 미리 단속을 하는 것이었다.

이제 쌀도 떨어져 간다. '먹고사는 일의 비루함' 같은 사치

스런 생각은 일단 접어 두어야 할 만큼 급박하다. 일을 하려고 매일 아침 지하철 역사로 나가 생활정보 신문을 뒤진다. 붉은색 플러스 펜으로 동그라미를 그리며 구직란을 더듬는다. 인터넷 구직 사이트에도 이력서를 올린다. 불행히도 나의 경제력은 생각했던 것보다 훨씬 형편없는 수준이다. 서른여섯. 대졸. 주부. 자격증 무. 경력 무. 책을 좋아하니까 책과 관련된 일을 하면 되지 않을까. 출판사 쪽으로 줄을 대어 보려 애쓰다 깨닫게 된, 이른바 내 스펙은 딱 월수 80만 원짜리다.

며칠 전엔 조그만 출판사에서 면접을 보았다. 간단히 자기 소개를 마치자 사장이 장황하게 회사 이야기를 했다. 지금은 시집을 주로 내지만 곧 다양한 책을 낼 것이다, 지금은 상황이 안 좋지만 곧 풀릴 것이다, 지금은 이름 없는 출판사지만 곧 메이저가 될 것이다, 지금은지금은하지만하지만…… 사장의 갈색 눈 밑에 버려진 제비집 같은 눈두덩이 간헐적으로 떨렸다.

"말했다시피 지금은 자금 사정이 좋질 않아요. 80만 원인데, 월급이, 나야 많이 주고 싶지. 대신 일주일에 네 번만 나와도 되니까……."

나는 망설인 끝에 사장에게 말했다. 내 표정이 조금은 도도해 보이면 좋겠다고 생각하면서.

"100만 원은 채워 주시면 좋겠습니다."

사장은 나보다 더 망설이는 듯했다. 그가 주저하는 사이 생각했다. 이건 내가 하고 싶은 일인가, 하기 싫은 일인가. 가타부타 대답을 주기로 약속한 날짜가 지나 반쯤 포기하는 심정일 때 문자메시지가 왔다.

— 지난주에 허리를 다쳐 연락이 늦었네요. 고민 결과, 사람을 써도 제대로 써야 서로에게 좋을 거 같습니다. 회사가 어려워 많이 아쉽네요.

어차피 내가 하고 싶은 일이 아니었어. 아쉬운 마음을 달랬다. 출판사 직원은 단숨에 신포도가 되었다. 80만 원도 아깝다는 말을 구구절절 풀어서 쓴 사장이 외려 안쓰러웠다.

놀이터 화장실에서 나와 주차해 둔 차에 올라탄다. 좌석을 뒤로 한껏 젖힌다. 눈을 감는다. 집에 있을 때보다 마음이 편하다. 까무룩 잠이 들려는 찰나 정신이 번쩍 든다. 일찍 출근하는 사람들이 하나둘 아파트 현관을 빠져나오는 게 보인다. 교복을 입은 여고생이 차 안에 누워 있는 나를 발견하고 흠칫 놀란 표정을 짓는다. 오늘은 아이의 소풍날이다. 서둘러 아파트 계단을 오른다. 408 숫자가 적힌 문이 4층 왼쪽에 나타난다.

김밥을 두 줄 싸고 아이를 깨운다. 세수를 하러 가다 말고 안방을 흘낏거리던 아이가, 아빠는 어제도 안 들어오셨느냐고 묻는다. 나는 할 말을 잃는다. 상 위에 김밥 재료가 보인다. 너무 많이 남았다. 김밥을 더 쌀 필요는 없다. 누가 먹을 거라고…….

친구가 성당에 나가 보라고 한 게 생각난다. 어릴 때 몇 번 빼곤 성당이나 교회에 나간 적이 없다.

"엄마 오늘 성당 갔다가 올 건데 내일 준비물 뭔지 미리 얘기해. 사올게."

아들은 내게 갑자기 왜 성당에 가느냐고 묻는다.

"그냥 기도하러. 슬픈 생각이 자꾸 들어서 마음의 평화를 얻으려고."

기도, 마음의 평화 같은 진부한 표현들이 아들에게는 알아듣기 쉬울 것 같다.

"그게 아니라 엄마! 요새 아빠가 같이 얘기를 안 해주니까 입이 가려워서 그러죠?"

입도 가렵지만 마음이 더 가렵다.

아이를 내보내고 나도 나갈 채비를 하는데 남편으로부터 전화가 온다.

"두바이 지사 발령 공고가 났는데 지원할까 해. 혼자만 가
능하대."

"내가 가지 말란다고 안 가겠어? 쌀 떨어졌어. 나 먹을 건
내가 벌겠지만 당신 애가 나보다 더 먹어."

"네 통장에 50만 원 부쳤어."

은행에서 돈을 찾아 아이 준비물과 담배 한 보루를 산 후
성당으로 향한다. 쌀은 전화로 주문하면 될 것이다. 대성당 문
이 잠겨 있어 소성당에 들어가 자리를 잡는다. 십자가에 매달
린 예수 상 옆에 성경 구절이 세로로 적힌 기둥이 보인다.

그 빛이 어둠 속에서 비치고 있지만 어둠은 그를 깨닫지 못
하였다. (요한복음 1:5)

십자가 앞에 앉는다고 해서 신을 마주한다고 할 수는 없다.
가서 앉아 있기만 해도 조금 안정될 거라던 친구 말을 떠올리
며 그저 마음이 가라앉기를 기다린다. 일기예보를 보다가 먼
외국 도시의 날씨가 기억에 남은 것처럼 생뚱맞은 기분이다.
그냥 조금 의아한 느낌인 채 멀거니 예수 상을 바라보며 한
시간쯤 앉았다 나온다. 들어올 땐 몰랐는데 성당 마당이 단풍

으로 환하다. 노랗게 물든 은행잎이 부서져 와르르 내 앞으로 떨어진다.

학용품과 담배가 담긴 검정 비닐봉투를 달랑이며 걷다 보니 어디나 성당이고 어디나 절이고 어디나 교회 같다. 낯설지도 않고, 익숙하거나 다정한 것도 아니다. 사물들마저 경계를 무너뜨리고 우우 나를 향해 달려든다.

내가 사진의 음화라면 남편은 양화였다. 냉담한 성격의 엄마, 감정표현에 서툰 아버지, 성격파탄자인 오빠, 조언과 저주를 구별 못 하는 언니. 자라는 동안 가까이서 나를 둘러싸고 있던 모든 것이 폭력이었다. 몹쓸 악몽을 꾼 밤, 진땀을 흘리며 소리를 지르다 깨어 보면 나를 감싸 안은 남편의 팔이 보이곤 했다. 불단에 올려놓은 마지쌀처럼 푸지고 환한 빛 같은 팔이었다. 태어나서 누군가 나를 돌보고 있다는 느낌을 처음 받게 한 사람도 남편이었다. 어둠이 빛을 이기지 못한다고 굳게 믿게 된 것도 남편 덕분이었다. 대낮에 태양을 고마워하지 않듯 남편이 곁에 있을 땐 그의 존재를 잊어버렸던 것이다. 그를 이해하려고 한 번도 애쓴 적이 없다는 사실을 깨달았다.

그러나 지금.

"내 마음의 암흑이, 무수한 불빛을 감싸는 밤의 암흑처럼 되게 하소서.”

성당에서는 나오지 않던 기도가 나온다. 진한 암흑 속에서, 절대 깨지 않을 긴 잠을 자고 싶다. 전화하지 말라는 말을 무시하고 단축번호 1번을 누른다. 익숙한 기계음이 들린다. 전원이 꺼져 있어 삐 소리 후 음성사서함으로 연결됩니다. 연결된 후엔 통화료가 부과되오니…….

쓰레기통을 뒤지기 시작한다. 담배꽁초, 기름을 닦아 낸 신문지, 토마토 꼭지 사이에 구겨져 있는 남편의 쪽지를 찾아낸다. 나는 이제 나 자신만을 욕망하기로 했어. 살아 있다는 게 고맙고 행복해. ‘사랑하는 나의 아내에게’가 빠진 쪽지를 펼쳐서 냉장고에 다시 붙인다. 밖이 아닌 안으로 향한 욕망이라니……. 무엇을 해도 무방하고 아무것도 하지 않아도 상관없는. 나는 아직 그런 걸 한 번도 상상해 본 적이 없다. 지금 남편이 곁에 있다면 우리가 공평한 관계가 아니었단 사실을 상기시키고 싶었다. 그리고 이젠 충분히 공평하지 않느냐 묻고 싶었다.

까무룩 잠이 든 걸까. 한 번도 가본 적 없는 곳에 친구와 함께 가는 꿈을 꾼다. 친구는 자기가 여행 경비를 모두 부담할 테니 여권을 준비하라고 내게 말한다. 여권을 만들어야 하는데 사진관이 보이지 않는다. 나는 날카로운 칼로 내 얼굴을 도려내 여권에 붙인다.

서재 문을 잠근다.

손목에 닿은 감촉이 유리 파편처럼 차다. 너무 차가워서 뜨겁다. 혀끝에 맵고 시고 비린 맛이 느껴진다. 장판에 떨어지는 피를 내려다보고 있자니 불현듯 '아프다'는 자각이 든다. 이건 누구와도 연대할 수 없는 통증이다. 다 포기해 버린 끝에, 통증을 느끼는 내 몸이 짐짓 신기하다. 자살을 꿈꾸는 많은 사람들이 어째서 '고통 없는 죽음'이라는 주제에 골몰하는지 알겠다. 책상서랍을 뒤져 연고를 꺼낸다. 몇 달 전 피부과에서 점을 뺄 때 쓰고 남은 약이다. 상피를 마취시키는 연고를 손목에 바른다. 휴대전화 시계로 30분이 지난 것을 확인하고 또 한 번 힘줘 긋는다. 희망은 대체로 기대를 저버린다. 여전히 아프다.

생의 이면에 유통기한이 찍혀 있고 우리가 그것을 읽을 수 있다면 과연 행복할까? 모두가 삶의 끝에서 죽음을 경험할 테지만 태어나는 순간을 기억하지 못하듯 죽음을 목전에 두고 마감의 순간을 속속들이 이해하긴 어려울 것이다. 아무도 가르쳐 줄 수 없기에 누구도 배운 바 없는 생의 끝. 나는 뒤늦게 두려운 것인지 모른다. 나를 아프게 한 사람은 남편도 아니고, 헤어진 남자도 아니고, 남편의 어린 애인은 더구나 아니다. 고통의 근원이 바로 나 자신이라는 사실이 끔찍하면서 또, 놀랍다.

휴대전화 문자 수신음이 울린다.

— 오늘 집에 가. 늦더라도 기다려. 할 말 있어.

늦더라도 기다려. 이 문장에서 나는 오래 머문다. 남아 있는 김밥 재료에 생각이 미친다.

오랜만에 집에 돌아온 남편이 내 얼굴을 뜨악하게 바라본다. 아빠가 온다는 말에 자정이 되도록 하품을 참으며 기다린 아이 쪽으로는 눈길도 주지 않는다.

"오래된 거울을 보는 것 같네. 해골바가지 같다고, 입에서 냄새난다고, 병신같이 왜 밥을 굶느냐고 날 때렸던 거 기억나?"

아주 담담하게 묻는 남편에게 나는 아무 대답도 할 수 없다. 곡기를 끊은 채 울기만 하던 남편을 불편해한 것처럼 그도 같은 마음인 모양이다. 샤워를 하고 나온 남편 앞에 김밥이 수북하게 쌓인 접시를 내민다.

"애 오늘 소풍날이었어. 오이 대신 포항초무침 넣었어."

일하느라 고생이 많네요, 는 꿀꺽 삼킨다. 지금 남편은 휴직 중이다.

"그랬어? 그럼 우리 놀이터 나가서 먹을까?"

아이가 소풍 또 가는 거냐면서 깡충깡충 뛴다. 자전거를 탄 아이를 앞세워 이웃 단지 큰 놀이터로 향한다. 자정을 넘은 가을밤, 테니스장을 비추는 야간조명 아래 놀이터는 안개 속에 잠겨 있다. 김밥 한 개를 입에 넣은 아이가 자전거 페달을 밟으며 조깅 트랙을 돌기 시작한다. 남편의 시선이 자전거를 따라 멀어지는 것을 나는 놓치지 않는다. 김밥을 씹느라 핏줄이 도드라진 그의 각진 턱에 수염이 꺼칠하다. 불현듯, 아들이 사춘기를 맞을 때 이 사람이 면도하는 법을 가르쳐 줄 수 있을지 궁금해진다.

"시금치 맛이야? 단무지 때문인가? 김밥이 다네."

그리고 침묵. 우걱우걱 단무지 씹는 소리가 밤하늘에 낮게 퍼진다. 하고 싶다던 말이 뭐냐고 나는 묻지 않는다. 모처럼의 가족 소풍을 망치고 싶지 않다.

뿌연 안개 속에서 짜르릉 아이의 자전거 벨 소리가 울린다.

활명수

비가 오락가락하는 날이면 장터거리는 번철에 눌어붙은 돼지기름 냄새로 가득해진다. 미장원에서 풍기는 싸구려 파마약 냄새도 고기 누린내를 이기지 못한다. 이따금 다방 아가씨들이 스쿠터를 타고 지나갈 뿐 거리는 더없이 한적하다. 조무래기 둘이 우산을 접어 휘두르며 걸어간다. 비가 그친 모양이다. 나는 약국에 딸린 쪽방에 엎드린 채 빈둥거리며 하루의 대부분을 보낸다. 마당을 향한 방문으로 미지근한 바람이 들어온다. 들기름을 먹인 종이장판에 배를 깔고 엎드려 있으면 선풍기가 없어도 몸이 서늘해진다. 두 계절이 지난 문학잡지를 건성으로 넘기다가 시선을 마당으로 돌린다. 오래전에 메워버린 우물이 보인다. 그 몇 걸음 옆에, 늙어 살이 밭은 도사견이 쇠줄에 묶인 채 졸고 있다.

늙은 소설가의 단편 하나를 근 한 달째 읽고 있다. 사실, 읽고 있다기보다 읽는 척하는 중이다. 낡아빠진 외상장부에 나는 이렇게 적는다. ~~무료함, 오래전 메워 버린 우물, 늙은 소설가와 늙은 개, 이상한 가역반응~~. 손님들이 받아 가지 않은 영수증 뒷면에 습작을 하다가 시인이 되었다는 어느 편의점 아르바이트생 이야기를 무심코 흉내 내보는 것이다. 취직을 포기하고 고향에 내려가 외상장부에 끼적이던 게 당선될 줄은 몰랐어요. 생각만 해도 달콤하다. 아니다, 이건. '이상한 가역반응'은 이상의 시 제목이다. 7/20 홍대식: 박카스 1박스, 겔포스 1박스 8,000 곰다방 유양: 매직스, 우루사 12,000 방앗간: 디스 1보루 21,000……. 차라리 동네사람들의 외상 목록이 훨씬 흥미롭다. 무료함, 오래전 메워 버린 우물, 늙은 소설가와 늙은 개, 이상한 가역반응. 단어들 위에 거칠게 줄을 긋고는 마침표를 찍듯 볼펜 찌꺼기를 비닐표지에 발라 놓는다.

화장실에 가려고 슬리퍼를 꿰고 뜰팡으로 내려선다. 수세식 변기를 앉히긴 했지만 화장실은 예전처럼 마당 구석에 자리 잡고 있다. 박카스 병뚜껑만 한 둔덕들이 뜰팡 아래 옹기종기 줄지어 있는 것이 발에 밟힌다. 개미들이 구멍을 활짝 열어 놓은 걸 보면, 비가 더 오지는 않을 모양이다. 하품을 하면서 늘어지게 기지개를 켠다. 질금 눈물이 흘러나온다. 앞발을 포개고 엎드린 늙은 도사견이 몸을 뒤척인다. 윤기 잃은 개의 구부러진 등 위로 척추 뼈가 공깃돌처럼 도드라진다. 내가 다가가자 슬쩍 눈을 뜬 개가 낮게 으르렁거린다. 주인도 몰라보는 멍청이. 나는 개 줄이 닿지 못할 만큼 멀찌감치 돌아서 화장실로 향한다. 까치발로 조심스레 진흙 위를 걷다가 슬리퍼 한 짝이 벗겨진다. 발이 빠져나간 슬리퍼는 개펄 속에 버려진 소라게 껍질 같다. 발에 흙을 묻히지 않으려고 운동복 바지를 걷어 붙인 채 슬리퍼에 발을 끼워 넣는다. 개가 느닷없이 달려들 것만 같아 개 줄의 길이와 나 사이의 거리를 가늠해 본다.

요란한 오토바이 소리가 약국 앞에서 멈춘다. 아줌니, 아줌니이ㅡ. 약국에 누가 온 모양이다. 엄마아, 손님 오셨어. 목청을 돋워 소리를 지른다. 기척이 없다. 엄마는 국수 내기 화투라도 하러 간 모양이다. 한쪽이 비어져 나온 남방을 추슬러 무릎 나온 운동복 바지 속에 우겨 넣는다. 손님이 워낙 드물기도 했지만 내가 집에 온 이후에 부모님은 걸핏하면 온다간다 말도 없이 사라지기 일쑤다. 나도 소화제나 두통약, 감기약쯤은 팔 수 있다. 감기엔 콘택600에 판토, 배 아픈 덴 정로환에 활명수, 술 깨는 데는 노루모에 맥소롱 하는 식이다. 다쳐서 온 사람이라면 베타딘으로 소독하고 설파제를 얇게 바른 후, 압박붕대로 지혈시키면 된다. 아버지가 약을 조제하거나 조합해 파는 것을 어깨 너머로 보며 자란 덕분이다. 요즘 나오는 약은 이름이 복잡한 것들도 있지만 대개 거기서 거기다. 테라마이신 같은 항생제를 주기도 하고 곰다방 언니들에게 사후 피임약을 찾아 주기도 한다. 도시에서라면 따로 병원 처방전이 필요하겠지만 면 단위 약국이라서 그냥 팔아도 된다. 시내 병원에 갈 수 있는 형편이면 애초에 우리 약국에 오지도 않았을 것이다.

안채 쪽으로 나 있는 복도를 통해 마당에서 약국으로 나간다. 복도는 짧지만 어둡고 축축하다. 실금이 간 벽을 타고 대낮에도 연갈색 그리마가 기어 다닌다. 곱등이 한 마리가 바지 아래 드러난 종아리를 툭 건드리고 도망간다. 약국 안에는 서른 초입으로 보이는 사내 하나가 엉거주춤 서 있다. 어디서 낮술이라도 했는지 눈가가 붉다. 가까이 다가서자 술 냄새가 훅 끼친다. 기름때에 절어 반질거리는 작업복, 꾸부정한 자세, 시큼하고 텁텁한 냄새를 풍기지만 콧날이 우뚝한 게 봐줄 만한 얼굴이다. 어찌 보면 스물예닐곱 나이 같다. 그러고 보니 어디서 본 듯한 얼굴이다. 요 며칠 사이 내 또래 젊은 사람을 구경한 것은 처음이다. 이 고장 아이들은 중학교만 졸업하면 대부분 고향을 떠난다. 고등학교는 차로 한 시간 거리 시내에 나가야 있다. 돈을 벌기 위해서도 도회지로 진출해야 한다. 다른 친구들이 시내 상급학교에 진학할 무렵 나는 서울 친척집으로 갔다. 방학 때 이삼 일씩 내려오곤 했지만 이렇게 아주 돌아올 줄은 몰랐다.

"주인 없어?"

사내는 다짜고짜 반말이다. 제가 이 집 딸인데요, 뭐 드려요? 심사가 틀어진 내가 퉁명스럽게 말하자 그는 풀어진 눈동자에 힘을 모으더니, 나를 아래위로 훑어본다. 그러고는 미심쩍다는 듯, 정말 이 집 딸이야? 다잡아 묻는 것이다. 나는 대답 대신 낡은 약장 위에 두 손을 걸쳐 놓는다. 나무로 테두리가 쳐진 유리 약장 위에는 쌍화탕이며 박카스, 원비디 따위의 드링크제 박스가 놓여 있다. 사내는 활명수 박스를 가리킨다.

노루모산과 맥소롱을 대어 놓고 먹던 키 작은 주정뱅이가 있었다. 대바늘로 꼭꼭 찍어 놓은 듯 우툴두툴한 코끝이 언제나 불그스레했다. 보통은 며칠에 한 번씩 와서는 박스째 사갔지만, 아들을 시켜 외상으로 가져가기도 했다. 주정뱅이의 아들이 나와 같은 반이었다. 지금도 그 약을 팔고 있는지 모르겠다. 왜 갑자기 그 주정뱅이가 생각났을까.

술 깨는 약 같이 드려요? 나는 약장 속 현탁액 박스와 덕용으로 파는 알약 따위를 눈으로 훑으며 말한다. 사내는 대답 없이 활명수 병뚜껑을 돌려 딴다. 나는 사내가 밖에 세워 둔 오토바이를 바라본다. 녹슨 철장이 달린 오토바이다. 활명수를 마시는 사내의 목울대가 아래위로 크게 한 번 꿀럭 움직인다. 작은 병에 든 다갈색 약물을 사내는 무슨 음료수나 되는 듯이 한입에 털어 넣고는 쩝쩝 입맛을 다신다. 한 모금 남짓한 양이 아쉬운 모양이다. 집에 온 이후 답답할 때면 나도 간혹 활명수를 한 병씩 마시곤 한다.

"느네 엄마 어디 갔냐? 사람 불러 놓고……. 돈부터 내놓던가."

사내가 기름기로 떡 진 머리를 긁적이며 알 수 없는 소리들을 웅얼거린다. 활명수 값은 내놓을 기미조차 보이지 않는다. 술기운에 눈 어름이 붉지만 얼굴색은 오랫동안 먼지를 탄 책장처럼 거무튀튀하게 죽어 있다. 절판된 지 한참인 채 헌책방 책꽂이 맨 위 칸에서 서서히 좀이 쓸어 가는. 나는 어쩐지 사내가 낯이 익다고 또다시 생각하는 중이다. 아는 사이가 아닐까 생각하고 나자 낯익은 느낌이 든 것인지, 낯이 익어 아는 사이가 아닐까 싶은 것인지 분명치 않다. 그 앤가? 그럴 리가 없다. 그 애가 이렇게까지? 아냐, 혹시 성함이? 사내가 약장 위에 다 마신 활명수 병을 내려놓고는 열기로 번들거리는 눈을 데굴데굴 굴린다. 사내에게, 그러그러한 수작을 걸지 않는 게 좋겠다. 혹시 성함이? 를 꿀꺽 삼킨다.

사내가 마당 쪽을 기웃거리기 시작한다. 엄마는 나가셨다고 해도 믿지 않는 눈치다. 두 개의 방문을 통해서는 마당이 잘 보이지 않는지, 그가 목을 최대한 기다랗게 잡아 뺀다. 안 그래도 꾸부정한 등을 잔뜩 구부리자, 그는 한 개의 '?'가 된다. 아래위 달라붙은 검정색 작업복과 검정 장화 때문이다. 땅을 파고 그 사람 발밑에 갯가 몽돌 하나를 괴어 놓으면 완벽한 물음표가 될 것 같다. 개는 어딨지? 사내는 엄마가 아닌 개를 찾는다. 웬…… 개? 속속들이 의문형인 사람이다. 사내는 우리 집 구조가 익숙한 듯 복도를 향해 걸어간다. 진흙 묻은 장화가 찌걱찌걱 소리를 낸다.

마당에서 나오는 그의 손에 개 줄이 감겨 있다. 사납던 도사견이 터무니없이 유순해져서 다리 사이에 꼬리를 오그려 붙인 채 질금질금 오줌을 지린다. 늙긴 했어도 성깔 있는 놈이라 부모님 아니면 아무도 건드리지 못하는데 이상한 노릇이다.

"신탄진, 느이 엄마 오걸랑 5만 원 갖구 곰으로 와. 빨랑 와. 제각 돈 줬음 낮거리 한 코 꿰잖아. 쓰벌."

곰이라면 면사무소 앞에 있는 다방을 말하는 것 같다. 다방 언니들이 우리 약국 단골이라서 잘 안다. 그건 그렇고, 이 사람이 초등학생 때 내 별명을 부르고 있다. 1학년 때 담임선생이 수업 첫날 출석을 부르면서 나보고 신탄진이라고 한 게 그대로 별명으로 굳어 버렸는데……. 김수진, 김수진이 네 이름이냐? 수진이 날진이 해동청 보라매. 새 이름이네? 그래 놓고는 혼자서 흐흐흐 웃더니만 내게 집이 어디냐고 물었다. 대동약방요. 그래? 거기서 담배도 팔지? 너희 집이 이 동네 신탄진이다. 대단히 식견이 높았던 선생은 신탄진이 옛날 담배 이름이고, 담배인삼공사 담배제조창이 신탄진에 있다는 친절한 설명까지 덧붙였다. 반 아이들이 신이 나서 책상까지 쳐가며 웃은 건 아마 선생의 빙글거리는 말투 때문이었을 것이다. 게다가 나는 연탄 창고에서 놀다 나온 애처럼 얼굴이 몹시 까만 편이어서 아이들은 그 별명이 꽤나 그럴싸하다고 생각했으리라. 다시는 학교에 가지 않겠다고, 그 선생은 개새끼라고 얼마나 울고불고했던가. 그나저나 사내가 우리 개를 그대로 끌고 나간다. 그냥 가게 내버려둬도 되는 건가? 활명수 값은 외상

장부에 적어 놔야 할 텐데. 혹시 성함이? 가 슬리퍼 앞에 툭 떨어진다. 사내는 거대한 도사견 한 마리를 수월하게 오토바이 뒤 철장에 구겨 넣는다. 저건, 우리 개다. 나는 허둥지둥 어머니의 휴대전화 번호를 꾹꾹 누른다. 어머니는 월남치마를 펄럭이며 한달음에 달려왔다.

"그눔 아부지가 술주정뱅이 한생이잖어, 왜. 허는 꼴이 저눔 두 즈 아부지 짝 나젔어. 어려서 너하구는 같이 학교 댕겼는데 몰라 보겄디?"

'?'는 이원재다. 그래, 어쩐지, 어쩐지 그 애가 떠오르더니. 절대로 잊어버릴 수 없는 얼굴인데……. 시골 아이답지 않게 해사하던 얼굴이 너무도 달라진 탓이다. 왜 나를 알아보고도 모른 척했을까? 순간 얼굴이 홧홧해졌다. 유명한 시인이 두 명이나 있는 우리 동네에서 세 번째 시인이 나온다면 단연 이원재일 거라고 나는 생각했다.

글짓기는 자기가 하고 싶은 이야기를 글로 쓰는 것이다. 산문도 좋고 운문도 좋으니까 생각나는 대로 적어 봐라. 국어 시간에 선생이 이렇게 말했을 때 누군가 질문했다. 선생님! 산문은 뭐고, 운문은 뭐예유? 산문은 풀어서 쓰는 줄글이고, 운문은 동시야. 나를 포함한 우리 반 아이들은 알쏭달쏭하다는 표정으로 선생님을 빤히 올려다봤다. 그라문 산문은 자 대구 줄버텀 거야 되나유? 그게 아니구……. 아 그래. 산문은 긴 글이고, 운문은 짧은 글이다. 여기저기서 아하 하는 탄성이 터져 나왔다. 그날 반 아이들은 모두가 운문을 썼다. 하교 후에 큰 개울에서 이원재를 만났다. 그 아이 둘레로 아이들이 몰려서 있었다. 뜻밖에 이원재의 손에는 1미터는 족히 넘을 것 같은 뱀이 들려 있었다. 원재에게 대가리를 잡힌 뱀이 하얀 손목을 친친 감은 채 꿈틀거렸다. 이원재가 뱀의 목덜미를 이빨로 물어뜯고는, 물어뜯어 낸 구멍에 검지를 깊숙이 찔러 넣었다. 그러고 나서 능숙하게 뱀가죽을 쫙 벗겨 냈다. 변변한 칼 한 자루 없이 내장을 털어 내며 천연덕스럽게 말했다. 이건 알을 품었네. 이런 게 맛있어. 그 아이가 좀 이상하게 구는 것은 개가 천재이기 때문일 것이라고 나는 막연히 생각했다. 우리 동네 출신 시인들도 어렸을 땐 다들 좀 이상했다지 않은가. 그날 이원재가 쓴 시는 그림까지 곁들여 복도에 나붙었다.

어머니는 혹시나 선불을 주지 않아서 개를 데려가지 않았을까 봐, 단지 그게 걱정이었던 모양이다. 그러고 보니 오늘이 복날이다.

"이우재 사람덜이 을매나 제 놈 살 궁리를 해줬다구. 그래

두 개는 끌어 갔는가베. 그만 한 개백정 읊어. 병신 지랄 헌다 구 돈 사면 그 질루 술이나 처먹어 탈이지."

"원재가 개 잡아 줘? 아, 그래서 5만 원 안 준다고 뭐라 뭐라 했구나."

이원재가 투덜거리며 갔다는 말에 어머니는 부아가 나는지 악담을 퍼붓는다. 니년이 선비여, 뭐여. 쎄가 빠지게 가르쳐 놨더니 벌 궁리는 안 하고 빈둥거리기나 허고 말이여. 하루 종일 책만 끼고 사니, 너두 이년아, 인간 구실 해긴 틀린겨. 취직을 하든지 시집을 가든지 결단을 해얄 것 아녀, 결단을. 아침을 먹으며 혀를 차던 어머니다. 어떤 이웃 사람이 얼마나 살 궁리를 해주었는지는 모르겠으나 어머니는 당당하다. 개 잡아 주는 값으로 5만 원이나 쥐어 주기로 한 모양이니. 아버지는 근 한 달 동안은 개장국을 드시겠구나.

활명수라도 마신 것처럼 갑자기 뱃속이 환해진다. 그 산엔 아직도 푸른색 방수천으로 비막이를 해놓은 아늑한 비밀장소가 있을지도 모른다. 서늘한 소나무 숲속에 이원재가 말한 비밀장소가 있었다. 집이 떠내려간 후, 이원재가 산에서 혼자 산다는 것을 우리들은 알고 있었다. 원래 이원재와 내가 친한 사이였는지는 분명치 않다. 하지만 나는 거기가 어디인지 정확히 아는 몇 안 되는 애들 중 하나였다. 그걸 안다는 것만으로 뿌듯할 만큼 그곳은 후미지고 음습한, 그래서 더욱 비밀스러운 비밀장소였다.

"엄마, 나 5만 원만 줘."

큰 개울은 여자의 성기처럼 기름하고 축축하게 우리재와 장터 사이를 가로질러 흐르고 있다. 어릴 적, 쥐약을 먹고 죽은 노랑 줄무늬 고양이를 냇가에 묻어 주고 나서 그랬던 것처럼 나는 다리 난간에 걸터앉아 개울물에 침을 뱉는다. 물 색깔이 꼭 활명수 색깔 같다. 침이 거품을 인 채 물 위로 아주 천천히 떠내려간다. 곰다방에는 원재가 없었다. 탁한 개울물 속에 머리를 처박은 말풀이 빗질하지 않은 여자의 머리칼처럼 흐느적거린다. 오늘 그 새끼 찾는 인간이 왜 이리 많아? 머리를 붉은색으로 염색해 부풀린 레지는, 오늘, 원재와 낮거리 한 코를 꿰었을까. 녹황색 물이끼가 납작한 돌 위에 달라붙어 요분질을 치듯 물결에 몸을 맡긴다. 그녀의 외상 장부에는 이원재 5만 원이라고 씌어 있을까. 냇물은 느리게 흘렀고 버캐 같은 것들이 잔뜩 가라앉아 있다. 나는 호주머니 속에 손을 찌르고 두 번 접은 5만 원을 만지작거린다. 침을 뱉을 때마다 주둥이를 물 위로 내밀던 납자루나 붕어 따위는 더 이상 보이지 않는다. 복날이면 동네 개들이 개죽음을 당하는 곳이 바로 여기다.

　다리를 지나 완만하게 뻗어 있는 우리재 길은 아스팔트로 번듯하게 포장되어 있다. 그러나 드나드는 차는 별로 없다. 장맛비에 튄 흙탕물이 열기를 뿜어 올리기 시작하는 아스팔트 위에서 꾸덕꾸덕 말라 가고 있다. 텁텁한 바람 한 줄기가 분필 가루처럼 고운 먼지를 일으키며 지나간다. 개울만큼이나 고요하게, 천천히, 마을은, 죽어 가고 있다. 노랑 고양이를 묻었던 자리를 무연히 내려다본다. 패랭이며 개망초꽃을 제법 다발로 꺾어 무덤가에 놓아두었는데. 그 근방을 모조리 파헤친다 해도 가느다란 뼛조각 하나 찾을 수 없으리라. 십 몇 년 저쪽의 일이니 고양이는 이미 말끔하게 육탈되어 사라졌을 터였다. 그러나 호박처럼 투명하게 빛나던 고양이의 눈동자와 모가지를 늘어뜨린 꽃다발의 모양이 방금 전의 일처럼 너무나 생생하다. 정작 방금 전에 일어났던 일은 초점이 맞지 않은 사진처럼 흐릿한데 어머니의 등에 업혀 나른한 기분으로 바라보던 차부의 좁고 긴 나무벤치라든가, 학교 담장을 따라 죽 늘어선 향나무의 냄새라든가, 거기에 달라붙어 있던 송충이의 보드랍고 징그러운 감촉이라든가 하는 오래 묵은 기억들은 너무도 분명하게 떠오르는 것이다. 고양이가 죽어 가던 장면은 그중 무엇보다 생생하다.

고양이가 죽은 날은 상엿집에 불이 난 날이었다. 학교에서 돌아와 보니 아버지가 마당에 쭈그려 앉아 늘어져 있는 고양이의 입 속에 활명수를 들이붓고 있었다. 바닥에는 고양이 방울과 빈 활명수 병 두 개가 뒹굴었다. 고양이는 아버지의 손아귀에 덜미를 잡힌 채 목을 전혀 가누지 못했다. 그때 사이렌이 울었다. 어디선가 불이 난 모양이었다. 아버지는 고양이를 내려놓고 서둘러 나갔다. 사이렌 소리를 들으며 고양이의 눈에서 빛이 사그라지는 것을 나는 조용히 내려다보았다. 홍수에 두 집이나 한꺼번에 초상을 치르고 난 직후여서 동네가 어수선했다. 마을에서 외따로 떨어진 상엿집에 불이 난 것을 두고 사람들은 이상하다고 했지만 난 불을 지른 이는 당연히 십팔영일 것이라고 생각했다. 계원이 아니어서 그 애 아버지 장례 때 상여를 쓰지 못했다는 말을 들었기 때문이다.

무덤을 만들고 나서 며칠 후, 비가 많이 오고 난 다음 날, 고양이 무덤이 떠내려가지 않았을까 걱정 끝에 이곳으로 와 무덤을 파헤쳐 보았다. 과연, 두툼하고 둥글게 올렸던 봉분은 물살에 휩쓸려 사라지고 없었다. 걱정한 것과 달리, 묘혈 안쪽으로 고양이를 싼 불투명한 비닐이 날름 내보인 혀처럼 내비쳤다. 까칠한 돌기들로 가득했던 분홍색 혓바닥의 따뜻하고 날카로운 감촉이 손등에 생생했다. 약을 올리듯, 수줍은 듯, 꼬투리를 땅 위로 내민 비닐을 잡아당겼다. 축축한 개흙은 어처구니없을 정도로 쉽게 파였다. 상현달 모양의 손톱 밑에 진흙이 끼었다. 모래에 쓸려 손톱에는 흰 줄무늬가 그어졌고, 지문은 쪼글쪼글하게 물에 불었다. 고양이의 몸피가 묵직하게 손끝에 안겼다. 비닐을 뜯자, 썩는 냄새가 끼쳐 왔다. 벨벳처럼 부드럽던 털은 뭉쳐 있고, 눈이 있던 자리가 뭉그러진 채 검고 깊은 구멍이 나 있었다. 호박처럼 반짝이던 눈 대신에 우묵한 허공이 생겼고, 그 안에 구더기 떼가 오글거렸다. 두 개의 구멍이 끝없이 구더기를 낳고 있었다.

역한 시취(屍臭)가 지금도 풍기는 듯하다. 나는 코끝에 집요하게 엉겨 붙는 냄새를 떨쳐 내기라도 하듯, 힘껏 들이마셨던 숨을 내뿜는다. 짐짓 구역질까지 한다. 다리에서 약간 떨어진 곳에서 깽깽거리는 소리가 들린다. 갈대숲 너머 사람의 뒷모습이 보인다. 바위 위에 앉아 있는 꾸부정한 등. '!'가 된 이원재다. 우리 개와 조그만 발바리를 흘레붙여 놓고 원재가 감상하듯 바라보고 있다. 비쩍 말랐지만 도사견인 우리 개 밑에서 납작하게 눌려 버린 발바리는 괴로운 듯 연신 깽깽거렸다. 교미가 끝나고 나면 원재 손에 저것들은 죽음을 당할 것이다. 그렇게 생각하자 더는 그곳에 있기가 싫어진다. 저 사람은 더 이상 하얀 얼굴에 시를 잘 쓰던 소년 이원재가 아니다.

주머니에 손을 찔러 넣은 채 터벅이며 딱히 어디랄 것 없이 걷기 시작한다. 멀리 초등학교 담장 뒤로 해가 뉘엿거리고 있는 모습이 바싹 다가온다. 미농지처럼 얇게 퍼져 있는 비안개가 녹음 뒤편으로 꾸역꾸역 기어 올라간다.

"어이, 신탄진. 나 잊어 먹었냐?"

깜짝 놀라 돌아보니, 낯선 사내 하나가 담배 밭에서 나오고 있다. 도대체, 누구? 넓적한 담뱃잎 사이에 숨어서 오줌이라도 누고 나온 모양인지 막 바지 지퍼를 올리는 중이다. 얼떨결에 사내의 성기를 본 것도 같다. 가늘게 지린내가 풍기는 듯하다. 기억하다니. 얼굴을? 지린내를?

"누, 누구시드라?"

"나야, 십팔영. 원재 새끼가 너 왔다고 하드라. 그 새끼 우리 오도바이 센타에 빌붙어 살잖어. 몰랐냐?"

사내가 누런 이를 활짝 드러내고 웃는다. 10팔0, 이라면 기억하고말고. 십팔영은 천연덕스럽게 내 앞에서 바지 앞섶을 여미고 있다. 굵은 오줌발이 자잘한 거품을 일으키며 나에게 튀는 듯이 얼굴이 금세 뜨듯해진다. 십 몇 년 전 십팔영의 오줌 냄새가 시공을 가뿐하게 건너와서 지금 막, 내 후각을 건드리고 있는 중이다. 내가 기억하는 것은, 그렇다. 좀처럼 아물지 못한 채 고약한 냄새를 풍기며 진물을 흘리던 귀와 지린내. 십팔영이 징그럽게 웃으며 몸서리를 친다.

초등학교 4학년 때 내 짝꿍, 바로 그 십팔영, 아버지의 낫자루에 귀 한쪽이 떨어져 나간 십팔영의 얼굴이 불쑥 다가온다. 침 삼키는 소리가 들릴 정도로 가까이 다가선 얼굴을 피하느라 나는 상체를 외로 꼰다. 칼로 삐져 낸 듯 우묵하게 내려앉은 눈 밑이며 구리 색으로 벌겋게 익은 낯빛이며, 어릴 때 모습이 적잖이 남아 있다. 잘려 나간 귀는 여전하다. 있어야 할 자리에 없기 때문에 더욱 존재감이 분명해지는 경우가 있다. 턱 밑까지 기른 덥수룩한 머리칼 속으로 오그라든 귀가 얼핏 보인다. 그는 이미 바보 십팔영이 아닌 것 같다. 시종 웃음을 흘리고 있는 어른 십팔영은 샤프연필로 귀지를 파달라고 성한 한쪽 귀를 나에게 맡기던 병신이 아니다. 칠판 앞에서 분필을 들고 주눅 들어 제 이름조차 바르게 쓰지 못하던 머저리가 아니다. 짝꿍에게 대나무 자로 얻어맞아 가면서 외운 자기 이름.

나는 바보들로 점철된 짝꿍의 목록을 갖고 있다. 공부 잘하는 게 죄인가. 선생들은 자기들이 편하자고 나를 지진아들과 짝지어 주곤 했다. 그리고 짝에게 이름이나 숫자 따위를 가르치게 했다. 그중 1등 바보가 십팔영이었다. 선생은 나에게 대나무 자 한 개를 주면서 '때려도 된다'고 했다. 열 칸짜리 깍두기 공책에 이필영, 이필영, 이필영 써주고 죽 따라 쓰게 했다. 글씨가 예쁘면 샤프로 귀지를 파주거나 머릿니를 잡아 주었고, 그렇지 않으면 자로 때렸다. 때릴 때는 진짜 선생님처럼 아프게 때렸다. 어느 날, 이필영이 칠판 앞으로 불려 나갔다. 네 이름 써봐. 이필영만큼이나 나도 긴장되었다. 이필영은 금방 울 것 같은 얼굴을 하고 한참 망설이더니 칠판에 '이필영'이라는 이름 대신 '10팔0'이라고 쓰고는 줄줄 오줌을 쌌다. 그러나 어른이 된 십팔영은 더 이상, 선생에게 두들겨 맞다 오줌을 싸던 얼간이가 아니다. 나는 죄라도 지은 사람처럼 십팔영을 똑바로 바라보지 못한다.

약국 안에서 두 명의 남자애가 활명수를 마시던 날이 떠오른다. 이원재와 십팔영이 약국에 도착한 것은 다 저물어 아버지가 막 모기향을 피우던 저녁이었다. 며칠째 폭우가 쏟아졌지만 이상하게 날벌레가 극성이었다. 하루 종일 비가 퍼붓다

멎기를 되풀이했다. 가게에 앉아 하루살이와 나방이 알전구에 부딪히는 소리를 들으며 산수를 풀던 나는 두 남자애가 거의 동시에 약국 안으로 들어서는 것을 보았다. 팔뚝에는 지우개 밥이 잔뜩 묻어 있었다. 금방이라도 빗방울이 떨어질 것처럼 습했다. 밀어 놓은 때처럼 팔뚝에 달라붙은 지우개 가루는 잘 털어지지 않았다.

이원재가 무엇을 사러 왔는지는 단박에 알았다. 펌프질을 하면 잔모래가 끌려 나오는 물가에 원재네 집이 있었다. 장터에서 열심히 걸어도 거기까지 가려면 애들 걸음으로 한 시간 넘게 걸리는 거리였다. 원재의 손에는 약값도 우산도 들려 있지 않았다. 맥소롱 다섯 병과 노루모산 곽을 꺼내며 바보 십팔 영에게 눈으로 바보야, 넌 뭐 줄까? 라고 물었다.

원재는 주정뱅이의 아들이긴 했지만 양손으로 풍금을 칠 수 있었고, 시를 기가 막히게 잘 썼다. 이따금 서울에서 원재 앞으로 딱딱한 커버에 금박 테두리가 쳐진 상장이 내려오곤 했다. 그런 날이면 교내 방송을 통해 그 애가 썼다는 시가 낭송되었다. 엄마 무덤, 엄마 무덤 앞에서 절을 한다. 머리를 깊숙하게 숙이고 엄마한테 절을 한다. 주머니 속에 있던 밤톨도 또르르 굴러 나와 궁둥이를 치켜들고 꾸벅 절을 한다. 아버지는 돌아앉아 담배를 피운다. 아버지 옆에 쓰러진 소주병. 소주병이 취했나 보다……. 원재의 목소리가 스피커에서 흘러나오면 나는 마치 우리 엄마가 죽기라도 한 양, 가슴 한쪽이 서늘해졌다.

밥 먹고 뛰어왔더니 체한 거 같어. 원재가 말했다. 나는 원재에게 그 애의 아버지가 먹을 약과 활명수 한 병을 건넸다. 원재가 활명수를 마시는 동안 나는 외상 장부에 '이한성 씨-맥5 노5'라고 써넣었다. '활1'은 일부러 빼먹고 적지 않았다. 원재는 챙강챙강 맥소롱 소리를 남기고 뛰어나갔다.

넌 뭐 주냐고. 원재의 뒷모습이 보이지 않을 때까지 기다렸다가 십팔영을 향해 낮게 윽박질렀다. 눈으로 물은 것도 물은 거니까. 이필영이 십팔영이 된 날, 짝꿍인 나까지 선생에게 덩달아 꾸중을 듣고 나서는 대놓고 그 애를 구박했다. 담임선생은 이필영에게 자기 이름이라도 쓸 줄 알게 가르치면 한 달 청소를 면제해 주겠다고 약속한 적이 있었다. 미, 미안해. 탈지면하고 알코올 사러 왔어. 십팔영은 나와 눈도 마주치지 못하고 다 죽어 가는 소리로 말했다. 알코올 뭐에 쓸라고? 아, 뭐에 쓸라냐고 묻잖어어. 나는 재우쳐 목청을 높였고, 그때 안채에서 아버지가 나왔다. 그런데 이 병신이 우리 아버지를 보고는 급기야 눈물을 뚝뚝 흘리는 것이 아닌가. 콧물까지 흘리며 훌쩍거리더니 겨우 입을 떼었다. 아, 아부지가 죽었시유. 돈은 담에 장날 디린다구, 엄니가 알코올하구 솜하구 마, 많이 사오래유……. 십팔영은 자기네 아버지가 변소 문설주에 목을 매고 늘어져 있는 것을 자기와 엄니가 어떻게 끌어내렸는지를 더듬거리며 장황하게 늘어놓았다. 아버지가 십팔영에게 활명수 한 병과 청심환을 까주었다. 십팔영이 활명수를 마시며 약국 안에서 불안하게 눈을 굴리는 동안 아버지는 장 목수네 집에 전화를 걸었다. 그러고는 탈지면과 알코올을 봉투에 넣어 들고 십팔영을 따라 나섰다. 막 비가 듣기 시작했는지 아버지가 되돌아와서 우산 두 개를 챙겨 가지고 나갔다.

다음 날, 학교에는 십팔영과 이원재 둘 다 결석을 했다. 원재가 맥소롱 봉지를 들고 집에 도착했을 때, 펌프 물에 고운 모래 딸려 올라오는 개울가 움막집은 술주정뱅이 아버지를 태운 채 떠내려간 후였다고 한다.

"이따 밤 되걸랑 거기루 와. 거기서 동창회 제대루 한번 하자구."

십팔영이 담배를 물고 느긋하게 말한다. 거두절미한 '거기'

였으나 짚이는 데가 있다. 이원재에 대한 이야기가 시작하는 '거기'와 같은 곳이 아닐까. 막연한 추측이지만 확신이 선다. 대답 같은 것은 애초에 들을 생각도 없었던지, 그냥 그렇게 말해 놓고 십팔영은 휘적휘적 우리재 쪽으로 걸어가기 시작한다. 원재를 만나러 가는 것일까. 단신이지만 다부져 뵈는 십팔영의 뒷모습을 바라보며 나는 오랫동안 서 있었다. 바보 십팔영과 얼굴이 하얀 시인의 자리가 완전히 뒤바뀌어 있었다. 오토바이 센터 사장과 그 밑에서 일하는 개백정으로. 풀모기에 복숭아뼈를 쏘여, 나는 쪼그리고 앉아 다리를 긁는다. 거기라면 정말이지, 동창회를 열기엔 맞춤한 곳이 아닌가.

원재의 비밀장소는 은밀하고 아늑했다. 얼기설기 짜놓은 나지막한 오두막은 푸른색 방수 천막으로 뒤덮여 있었다. 웬만한 비에도 끄떡없을 것처럼 보였다. 천막을 걷어 내고 원재가 비밀장소로 들어갔다. 여긴 아무도 몰라. 입구에는 칡넝쿨과 거미줄이 어지럽게 쳐져 있었다. 원재가 거미줄을 뜯어내자 무심하게 줄 위에 다리를 걸치고 있던 손톱만 한 거미들이 재빠른 동작으로 달아났다. 넌출을 들치고 잔뜩 꾸부린 채 안으로 들어서는데 코와 입 주변으로 실밥 같은 거미줄이 엉겨

붙었다. 허리를 쭉 펼 수 없을 정도로 높이가 낮았지만 밖에
서 보던 것과 달리 내부는 꽤 널찍했다. 송진 냄새, 이끼 냄새,
그리고 자두나 살구처럼 시큼한 과일이 썩는 냄새가 희미하
게 풍겼다. 한쪽에 잡동사니와 사금파리들이 쌓여 있고 사과
궤짝을 들여놓아 제법 책상, 밥상 대용이 될 것 같았다. 엉거
주춤 서서 어둠에 눈을 익혀 가며 둘레둘레 비밀장소 안을 기
웃거리고 있는데, 원재가 다가와 다짜고짜 입을 맞추며 내 가
슴을 움켜쥐었다. 막 멍울이 잡히기 시작한 가슴이 통증으로
휘감겼다. 웬일인지 원재의 거친 행동을 밀쳐 낼 수가 없었다.
내가 아픔을 참으며 그대로 서 있었기 때문인지 그 애가 내
바지 속으로 한 손을 집어넣었다. 고무줄 바지는 너무 쉽게 열
렸다. 허방으로 손을 넣은 것처럼 공허했던지 원재는 아예 팬
티와 함께 바지를 잡아내려 버렸다.

귓가에 지잉— 소리가 길게 들려왔다. 생솔가지를 꺾어 깔
아 놓은 바닥에서 솔잎 바늘이 등을 찔렀다. 심장 속에서 도토
리와 밤톨이 쏟아져 나왔다. 밤톨이 떼구르르 굴러 가서는 누
군가에게 납작 절을 하는 것이었다. 엄마 무덤이 소주에 취해
팔랑팔랑 춤을 추었다. 팔꿈치에 송진이 묻어 끈적였다. 으으
으, 호두알을 깨물고 있을 때처럼 턱에 힘이 들어갔다. 어금니

를 앙다물고 난생 처음으로 느껴보는 낯선 감각을, 터져 나오려는 신음을 눌러 참았다. 이러면 안 될 것 같았다. 엄마가 알면 되게 혼날 것 같아서 무서웠다. 스멀거리는가 하면 뻐근하고 저릿했다. 환하게 뚫려 있는 한 개의 바늘구멍 속으로 빨려 들어가는 기분이 들었다. 원재의 입에서 쇠 냄새가 풍겼다. 그때 밖에서 부스럭거리는 소리가 났다. 누구얏! 헐떡이던 원재가 새된 소리를 내질렀다. 둔탁한 발소리를 내며 누군가 달아나는 소리가 들려왔다. 바지를 추켜올리고 밖에 나갔다 온 원재가 낮게 뇌까렸다.

"벼엉신 새끼, 씹팔영."

이 고장 출신의 늙은 시인이 소싯적에 그랬던 것처럼 줄담배를 피워 가며 다방에 앉아 필요한 만큼의 무료한 시간을 보내고 나면 나도 무언가 잡히는 게 있을 것도 같았다. 아니, 그러길 바랐다. 캄캄한 시간들이 예술가에게는 반드시 필요하다고. 틈날 때마다 스스로에게 최면을 걸었다. 정작 최면이 제대로 위력을 발휘한 곳은 내 쪽이 아니었다. 캄캄한 심정은 부모에게 부지런히 전염되었다. 어머니는 약국에 오는 동네사람들에게 (내 등 뒤에 대고 들으라는 듯이 크고 과장되게) '잘난 내 딸은 외국으로 유학 갈 준비'를 하고 있노라 아무렇지도 않게 거짓말을 했다. 백수 딸이 내려와 시집갈 궁리도 않고 어슬렁거리며 시간만 죽인다는 게 남에게 우세를 산다는 것이다. 나는 짐짓 저 선진국 어딘가로 유학 갈 처녀처럼 자신에 찬 어조로, 학기 시작할 때 떠날 거예요, 맞장구를 치기까지 하였다. 어머니는 그런 소문이 가능한 한 널리 퍼지기를 간절히 소망했고, 과연 이즈음 동네 사람들은 나를 보며 수군대기는커녕 흐뭇하게 웃어 가며 고개를 주억거리기까지 한다. 허나 그 탓에, 늙은 시인처럼 다방에 앉아서 날짜 지난 신문을 뒤적이거나, 마담 언니와 잡담을 하거나, 줄담배를 피워 댈 수가 없게 되었다.

부풀어 오른 복숭아뼈에 침을 바르고 무릎을 짚으며 천천히 일어선다. 몇 시라고 했더라……. 거기에 가면, 정말 십팔영과 원재가 기다리고 있을까. 셋이서 만난 것은 약국에서 단 한 번이었다.

십팔영과 이원재는 거의 동시에 아버지를 잃었고, 같은 날 장례를 치러야 했다. 한 반이라 해봐야 몇 명 되지도 않는 우리들은 거의 대부분 원재네 초상집에 찾아가 국밥을 얻어먹었다. 애들은 그런 상가(喪家)에 가지 않는 거라고 어머니는 나가지 못하게 했지만 나도 원재네 집에는 가보았다. 터만 남은 집에 회관에서 빌린 천막 두 개가 바람에 배를 부풀리고 있었다. 원재는 삼베옷에 지푸라기 관을 쓰고 앉아 상주 노릇을 했다. 선이 분명한 입술을 꾹 다문 채 울지도 않았다. 어디에 불을 놓아 아버지의 옷가지를 태울까. 그렇다. 주정뱅이 아버지와 함께 아궁이가, 태워 버려야 할 옷가지가, 쪼그려 앉아 부지깽이를 들고 울먹일 마당이, 다 떠내려간 집이었다.

돗자리 위에 배를 깔고 누워, 낡아빠진 장부에 나는 이렇게 쓴다. 똥골목 이원재, 울먹이는 아궁이, 천재 시인 이원재, 비밀장소, 흰 뱀, 꽉 찬 권태와 열등감, 송진 냄새, 변소 문설주에 매달린 북어 대가리, 뱀의 허물, 백엽상, 그리고 등을 찌르던 솔잎⋯⋯. 머릿속의 이미지들은 미처 문장이 되지 못한 채 뚝뚝 잘려 나간다. 이것만 가지고 시가 될 성싶지 않다. 어질 머리가 인다. 한 마리 징그러운 그리마가 된 기분이다. 사타구니를 긁적거리며 나는 벼엉신 새끼, 십팔영을 만나러 간다.

어른 키를 훌쩍 넘어 자라난 옥수수가 우산살처럼 뿌리를 펼쳐 흙덩이를 움켜쥐고 서 있다. 밭두렁에는 빽빽하게 콩이 심어져 있다. 숫돌에 막 갈아 낸 낫처럼 옥수수 잎사귀들은 푸르게 날을 세운 채 저희들끼리 부대끼며 서걱서걱 쇳소리를 낸다. 깎아 낸 손톱처럼 날씬한 달이 사물의 윤곽만 겨우 식별

할 수 있게 해준다. 옥수수 밭을 지나 숲속으로 접어들자, 발 밑에 물컹한 것들이 밟힌다. 쪼그리고 앉아 만져 보니, 버섯이다. 누가 뿌려 놓은 것처럼 솔숲 여기저기 희끗한 버섯들이 흩어져 있다. 비온 뒤끝이라 그런 모양이다. 사람 손을 타지 않으면 우산처럼 금세 퍼져 쉬어 버릴 것이다. 버섯 몇 동가리 호버 주머니에 넣어 가고도 싶지만 때깔이 그럴듯하다고 다 먹는 버섯이 아니라는 것을 나는 알고 있다. 칼칼하게 독버섯 찌개를 끓여먹고 일가족이 몰살한 일은 근동에 두루 퍼진 이야기다. 숲의 음험한 기운에 짓눌려 가며 나는 앞으로, 앞으로 걸어 나간다. 원재의 움막이 아직도 거기에 있으리라는 기대는 하지 않는다. 다만, 개개풀린 눈으로 십팔영이, 이따 거기루 와, 심상하게 말했을 때 달리 딴 곳을 생각할 수 없었을 뿐이다. 안 가도 그만이었으나 그가 뿜어 대던 이상스런 열기에 호기심이 일었다. 그때 그는 왜 도망을 쳤을까. 도망치는 척하면서 우리가 놀라도록 일부러 소리를 냈던 것은 아닐까.

너럭바위에 걸터앉은 십팔영의 얼굴이 담배가 빨릴 때의 불빛에 잠깐 나타났다 사라진다. 우리의 동창회는 조촐하다. 떠내려간 집처럼, 육탈된 고양이 시체처럼 움막은 깨끗하게 사라져 버렸다. 십팔영의 눈이 달빛에 번들거린다. 나는 십팔영과 눈도 마주치지 못한 채 엉거주춤 서 있다.

"왜, 누구 찾아?"

십팔영이 손가락으로 담배불똥을 튀겨 내며 말한다. 그리고 몸을 일으켜 내 쪽으로 성큼성큼 다가온다. 십팔영의 혀가 내 입안으로 불쑥 기어들어 온다. 화한 은단 냄새가 난다. 축축하고 미지근했으며 끄트머리가 갈라져 있는 혀다. 뱀의 혀. 따뜻하면서 날카롭고, 역겹지만 거부할 수 없는. 순간, 나는, 이 사람이 십팔영이 아니라 이원재인 것은 아닐까 잠시 헛갈린다. 아랫도리가 축축해진다. 나는 십팔영의 하복부 한가운데 뚫린 배꼽 속으로 빨려 들어가는 한 마리 암뱀이다. 십팔영의 갈라진 혀를 핥으며 나는 이원재를 생각한다. 원재를 만나면 철장을 떼어 내고 오토바이 뒤에 태워 달라고 졸라야겠다. 내일이면 어슬렁어슬렁 원재네 집, 펌프물에 잔모래 끌려 나오던 개울가를 향해 걷기 시작할 것이다. 누가 시킨 것처럼 나는 고분고분하게 솔잎 바늘이 등을 찌르는 숲 위에 반듯하게 눕는다. 기억에 붙들려 있는 것이 아니라 비틀고 찢어서 다시 붙이고 나서야 모든 것이 선명해진다.

활명수 한 병을 따 마신다. 감초향이 나는 다갈색의 약물이 식도를 화하게 씻어 내린다.

젖몸살

호텔방은 깨끗했다. 침대시트는 손질이 잘돼 있어 부드러우면서도 상크름하게 찬 기운이 감돌았다. 새로 지은 호텔이 아님에도 워낙 청소 상태가 좋아 방 안에는 먼지 한 톨 없을 것처럼, 모든 집기들이 선명하다. 작지 않은 싱글 침대 두 개와 다탁과 의자, TV, 작은 옷장, 소박한 액자 하나가 전부지만 만족스럽다. 창밖으로 눈길을 주면서 나는 손가락 끝의 거스러미를 이로 잘근잘근 씹었다. 창문만 열면 뛰어들 듯 가깝게 보이는 바다. 바다로부터 불어오는 짭짤하고 눅눅한 바람. 후텁지근하기보다는 오히려 청신하다.

이곳에 올 때는 기왕이면 일본식 료칸[旅館]에 묵기를 바랐지만 봄꽃이 한창일 무렵인 데다 연휴까지 겹쳐 예약을 할 수가 없었다. 이즈[伊豆]는 바다를 볼 수 있는 노천탕으로 유명해 평소에도 온천장에는 정양을 하러 오는 사람들로 북적인다는 이야기를 어디선가 들은 적이 있다. 창밖으로 보이는 이즈의 바다가 눈부시다.

프런트에 내려갔던 동생이 돌아와 당초무늬가 들어간 보라색 챙 모자를 벗어 침대에 던지며 말했다. 아휴, 언니, 더럽게 뭐 하는 거야, 오래 살면 부부도 닮는다더니 형부가 하는 버릇을 그대로 하고 있네. 스트레스가 쌓일 때마다 남편이 하던 버릇을 그대로 따라하고 있다는 사실을 그제야 비로소 깨닫는다. 남편의 손가락에서 일상적으로 풍기던 침 냄새가 내 손에서 났다.

"원하는 입욕 시간을 적어 넣는 건데, 우리가 너무 늦게 도착했나 봐. 자정 무렵은 돼야 차례가 올 것 같아."

호텔에 딸린 두 개의 노천탕은 객실마다 사용할 수 있는 시간이 각각 다른 모양이었다. 한숨 돌릴 사이도 없이 계단을 오르내리느라 땀이 차는지, 동생은 손부채를 부치면서 손수건으로 연신 이마의 땀을 찍어 냈다. 광대뼈가 튀어나온 기름한 얼굴이 수척해 보인다. 해산을 한 지 이제 겨우 한 달 남짓, 땀으로 번들거리는 얼굴에는 짙은 화장으로도 미처 감추지 못한 기미가 넓게 끼어 있다. 다시 한 번 찬찬히 동생을 톺아보았다. 창을 통해 들어온 저녁 빛에 기미가 평상시보다 더 도드라지고 볼은 한층 우묵하다. 임신 말기에 조산기가 있어 통 외출을 못 해봤다며, 동경을 떠나면서부터 동생은 내내 들떠 있었다. 하지만 얼굴에 새까맣게 긴 잡티 때문인지 언뜻언뜻 비치는 낯빛이 우울해 보였다. 침대 끝에 걸터앉은 동생의 블라우스가 실그러진 채, 앞섶이 둥글게 얼룩져 있는 게 눈에 띄었다.

"너, 젖이 새는가 보다. 패드 안 하고 왔니?"

고개를 수그려 윗옷을 살펴본 동생이 침대 발치에 던져 둔 가방을 뒤적였다. 어떡하지? 유축기를 빼놓고 왔어. 당황한 표정으로 가방 앞지퍼를 열어 새 패드를 꺼낸 후, 쪼그려 앉아 블라우스 단추를 풀기 시작한다. 수유용 브래지어의 앞으로 열 수 있는 후크를 따자, 펑 젖은 패드가 바닥으로 굴러 떨어졌다. 유방에서 급하게 젖이 뚝뚝 흘러내렸다. 비릿하면서도 들척지근한 젖 냄새가 침대 주위를 떠돈다.

동생의 젖가슴은 풍만했으나 관능적인 느낌보다 왠지 모를 안쓰러움을 자아냈다. 몇 시간이나 수유를 하지 않아 유방은 젖으로 꽉 차 있다. 부풀대로 부풀어 하드롤처럼 딱딱해져, 한 눈에도 위태로워 보였다. 창호지처럼 얇은 피부는 유선과 푸른색의 정맥이 비칠 정도로 투명하다.

"언니, 컵 같은 것 있으면 찾아다 줄래? 젖을 좀 짜내야겠어. 아퍼."

동생의 부푼 가슴을 보자, 젖이 돌 때의 짜르르한 느낌이 나에게까지 전해져 온다. 아이에게 젖을 물리는 동안 맛있는 음식을 보기만 해도 젖이 도는 기운이 짜르르했는데 그때와 똑같은 느낌이다. 이상한 일이었다.

내가 해산을 한 날, 새벽에 남편은 곁에 있지 않았다. 6인용 병실에서 젖몸살을 앓느라 뜬뜬해진 몸을 이리저리 뒤채며 나는 열에 시달리고 있었다. 돌처럼 딱딱해진 가슴은 눈물을 흘리듯 뚝뚝 젖을 흘렸고, 참기 힘들 정도로 아팠다. 빗장뼈며 어깨까지 뻐근하게 통증이 밀려와 괴로워하는 나를 내려다보며 간호사가 난처해했다. 눈가에 졸음이 더께 진 간호사는 연방 하품을 해대며 뜨거운 수건으로 거칠게 내 가슴을 문질러 댔다.

"애기 아빠 어디 계세요? 온찜질도 해주시고, 마사지도 해주셔야 하는데……."

늙은 간호사는, 다른 아기 아빠들은 산모가 젖몸살을 앓을 때 마사지를 하며 입으로 젖꼭지를 빨아 젖이 잘 돌도록 돕는다는 말을 덧붙이며 가볍게 혀를 찼다. 목젖까지 차오르는 신음을 입 밖에 내지 않으려 나는 어금니를 앙다물었다.

남편은 동틀 무렵이 되어서 만취한 채 돌아왔다. 여섯 개의 침대 사이에서 한참을 비틀거리던 남편은 무너지듯 보호자용 침상에 쓰러져 몸을 한껏 옹송그리고 모로 누워 잠을 잤다. 넘을 수 없는 옹벽처럼 남편의 등은 완강해 보였다. 남편은 그 자세 그대로, 내 쪽으로는 단 한 번도 몸을 돌리지 않았다.

동생이 컵 아귀에 젖꼭지를 겨냥하고 젖을 짜내며 진저리를 쳤다. 유축기도 없이 맨손으로 생젖을 짜려니 당연히 아플 수밖에. 금방이라도 쏟아질 듯 뚝뚝 흐르던 젖은 뜻밖에 쉽사리 나오지 않았다. 아무래도 아이가 빠는 것과는 힘도 방식도 한참 다르리라. 말려 올라간 블라우스 밑으로 동생의 불어난 살이 비어져 나왔다. 한창때는 꽤 낭창낭창하던 옆구리에, 이제는 둔해 보이는 군살이 볼썽사납게 불퉁그러져 있다. 산후에 조리를 제대로 못 한 탓에 붓기가 거의 그대로 남은 것이다. 늙은 호박에 꿀이라도 재어 달여 먹였으면 싶다.

"욱인이, 데리고 올 걸 아무래도 잘못한 거 같아. 모유 먹던

애라 분유 안 먹으려고 할 텐데……. 느네 시어머니, 아무 말씀 안 하시던? 너, 의외로 모진 데가 있어."

조카의 이름, '아키토[旭仁]'를 나는 부르기 편하게 한국식으로 '욱인'이라고 불렀다. 동생 집에 도착했을 때 보고, 바로 이즈로 여행을 오느라 아기 얼굴을 본 것은 잠깐뿐이다. 그러나 조카의 얼굴은 아주 익숙해서 전혀 낯설지가 않았다. 욱인이는 백일사진 속의 내 모습과 놀랄 만큼 닮아 있었다. 겉모습만큼은 전적으로 외탁을 한 것 같았다. 오늘 아침에 동생은 젖을 먹이자마자 트림도 시키기 전에 서둘러 아기를 제 시댁에 데려다주고 왔다.

"쓰읍…… 갓난앨 데리고 무슨 여행을 해. 괜히 신경만 쓰이지. 겨우 이삼 일인데 뭐. 쓰읍…… 괜찮아, 쓰읍…… 근데, 이렇게 하니까 아프긴 너무 아프다."

한 손에 컵을 든 채 웅크리고 앉아 젖을 짜내던 동생이 시선을 들어 나를 바라보았다. 아픔을 참느라 연신 숨을 크게 들이켜던 동생이 미간을 구기며 가볍게 진저리를 친다. 머리칼이 흩어져 땀 맺힌 옆얼굴에 달라붙는다. 아휴, 바보같이 유축기를 왜 놔두고 왔지? 노란빛이 감도는 젖은 컵 바닥을 겨우 적실 만큼만 채워진다. 능숙하게 브래지어에 새 패드를 끼워

넣고 옷을 추스른다. 뺨에 붙은 머리카락을 떼어 주려 손을 뻗는데 동생이 컵을 들고 일어서 화장실로 들어가 버렸다. 젖을 변기에 쏟아 붓는지 쪼르륵 소리가 새어 나온다. 이내 변기 물 내리는 소리와 컵 씻는 소리도 들린다.

"그러는 언니나 형부랑 같이 오지 그랬어? 형부, 요즘도 바빠? 애는 어떻게 하구?"

동생이 화장실에서 나오지도 않은 채, 방을 향해 큰 소리로 여러 가지를 한꺼번에 물어 왔다. 정작 물어보고 싶은 것을 이제야 묻네, 하는 투였다. 동생은 갑작스런 나의 방문에 그다지 놀란 기색이 아니었다. 나 또한 서울에서 부산쯤 놀러가는 듯한 기분으로 가볍게 가방을 꾸려 가지고 나온 터였다. 하지만 집을 나오면서 남편에게 같이 가자거나, 어디로 가겠다는 언질을 주지는 않았다. 지금쯤 남편은 손톱을 물어뜯으며, 수십 번이고 휴대전화 숫자판을 눌러 대고 있을 것이다. 나는 짐짓 못 들은 척 아무 대답 없이, 가방을 풀어 옷가지와 화장품 따위를 꺼내기 시작했다.

"언니, 무슨 생각해? 내가 하는 말, 못 들었어?"

화장실에서 나온 동생이 손에 묻은 물기를 내 얼굴에 대고 털면서 말했다. 얼굴에 튄 물방울이 선뜻해서 나는 얼른 소매로 물기를 걷어 냈다.

"어…… 어? 뭐라고 했었니? 물소리 때문에 안 들렸어."

"언니도 이제 슬슬 늙는다. 이거, 이거 좀 봐. 눈가에 잔주름 잡히는 거. 내가 아이크림 열심히 발라 주라고 그렇게 얘기했 는데, 말도 아주 되게 안 들어요."

먼저 물었던 것은 금세 잊어버렸는지, 내 얼굴 앞으로 바싹 다가앉아 눈꼬리를 톡톡 건드리며 흰소리를 지껄였다. 실없 이 웃는 동생의 눈가에도 긴 잔주름이 접었다 편 흔적들처럼 가로세로 파인다. 우리도 이제 하릴없는 30대 중반의 아줌마 라는 사실이 어쩐지 쓸쓸하게 여겨졌다.

동생이 일본으로 건너온 온 것은 벌써 10년 저쪽의 일이다. 아르바이트와 장학금으로 다니던 대학을 졸업하자마자 일본 으로 유학을 와서, 또다시 아르바이트와 장학금으로 학위를 따고, 내처 일본인과 결혼을 해 아예 눌러앉아 버렸다. 왜놈한 테 시집간다고, 남우세스러워 우째 사느냐면서 어머니는 결 혼식에 참예조차 하지 않았다. 한국에는 1년에 한 번쯤 들어 왔지만 친정집에는 들르지 않은 채 조용히 돌아가곤 했다.

서양식 호텔이기는 해도 객실에 딸린 옷장에는 두 벌의 유 카타[浴衣]가 나란히 걸려 있다. 동생은 소박한 꽃무늬가 그려

140

진 유카타를 손익은 솜씨로 입었다. 그러고 나서 흰 바탕에 자잘한 금붕어 프린트가 되어 있는 나머지 한 벌을 나에게도 입혀 주었다. 오비에 주름이 잡히지 않도록 손톱에 지그시 힘을 주어 쪽쪽 펴는 동작이 날렵하다.

"엄마한테 안 섭섭하니? 몸 풀 때, 나라도 와봤어야 했는데 동기간이라고 하나 있는 걸, 사는 게 바쁘다는 핑계로……. 사람 구실하면서 사는 거 같지가 않아."

"어이구, 그러셨어요? 뭘, 새삼스럽게…… 별소리 다 하네. 지금 이렇게 왔잖아."

외려 자기가 언니인 양 의젓하게 대꾸하는 것이었다. 하지만 동생이 말하는 그 들숨과 날숨 사이에, 그래, 진작 왔음 좋았잖아, 하는 서운함이 깃들어 있음을 나는 놓치지 않았다. 해산바라지 같은 건 애초에 기대도 안 했다며, 하지만 애 낳느라 열 시간 넘게 진통할 때는 그래도 엄마 생각이 제일 많이 나더라고 동생이 애써 심상한 목소리로 털어놓았다. 유카타의 겉섶이 흩어지지 않도록 누르며 익숙한 솜씨로 허리끈을 돌려 매는 모습을 보며 나는 속으로 놀랐다. 옷 입는 태로 보나, 말을 할 때의 태도 따위가 동생은 이제 일본인에 더 가까워 보인다. 둘이 손을 잡고 어디를 간다 해도 사람들로부터 쌍둥

이처럼 닮았다는 말은 이제 더 이상 들을 수 없을 것 같다.

어렸을 때, 어머니와 함께 시내에 있는 목욕탕에 가면 심심치 않게 둘이 쌍둥이냐는 질문을 받았다. 살갗이 빨갛게 익도록 탕 속에 들어앉아 있노라면 이따금 팬티만 걸친 때밀이 아주머니가 빨대 꽂힌 봉지우유를 빨면서 잠자리채로 때가 둥둥 더껑이 진 탕 속을 휘저으며 지나갔다. 물방울이 맺힌 봉지우유 한 모금이 어찌나 간절하던지……. 어지간히 몸을 불리고 나면 어머니는 이태리타월로 때를 밀어 주었다. 겨드랑이 사이에 나나 동생을 끼고 앉아 머리까지 감겼다. 그렇게 어머니의 겨드랑이 사이에 거꾸로 몸이 끼인 채 머리를 내맡기다 보면 어머니의 젖가슴이 덜렁덜렁 흔들리며 검붉은 젖꼭지가 볼을 간질이고는 했다. 그러면 나는 어머니의 젖꼭지를 물고 쪽쪽 소리 나게 빠는 시늉을 하였다. 아이구, 이년이 신경 씨이게 왜 이랴! 다 커단 년이! 철썩철썩 볼기짝을 얻어맞고도 나는 쉬이 어머니의 젖꼭지를 놓아주지 않았다.

저녁을 먹으러 1층으로 내려가는 길에 테라스에서 온천으로 이어진 통로가 보였다. 예약한 사람이 아직 오지 않은 틈을 타 노천탕을 둘러보았다. 욕탕은 절벽 위에 올라앉아 그 몇 걸음 저쪽으로 한눈에 바다가 내려다보였다. 석재로 만들어진

탕 주변에는 푸른색 수국이 한창이다. 가지가 휘도록 탐스럽게 피어 있는 수국을 건드리며 그들먹하게 찰랑이는 온천수에서 실김이 피어오르고 있었다. 탕에 떨어진 수국 꽃잎들이 잔물결을 따라 둥둥 떠다녔다.

"바다 보면서 목욕했으면 기가 막혔을 텐데 아쉽다, 그치?"

이렇게 미리 구경했으니, 나는 아무려면 어떠랴 싶지만 동생은 정말로 아쉬운 모양인지 연방 아깝다는 말을 했다. 비음 섞인 동생의 목소리에서 응석이 뚝뚝 묻어난다. 민달팽이 한 마리가 수국 이파리를 핥으며 느릿느릿 지나갔다. 달팽이가 붙어 있는 잎사귀 바로 아래, 뜨거운 탕에서는 여전히 김이 무럭무럭 솟아오르고 있었다. 발밑이 저승길인 줄 아는지 모르는지 달팽이는 천연덕스럽다.

"언니가 와서 나야 좋지만, 이상하게 맘이 편치가 않네. 형부랑 싸웠어?"

"……."

"정말 무슨 일 있는 거 아니지?"

나는 조용히 쉬고 싶어서 왔을 뿐이라고 심드렁하게 대답했다. 거짓말로 꾸며 댄 말만은 아니다. 일본어를 거의 알아들을 수 없기에 아무리 번잡한 곳이라도 고요했고, 그 속에 침

잠할 수 있었다. 그리고 무엇보다도 이곳에는 내가 받아야 할, 전화가, 없는, 것이다.

"언니, 형부한테 잘해. 저번에 한국 갔을 적에 형부가 그러더라, 언니 사랑한다고."

동생의 얼굴에 다시금 알 듯 모를 듯 어떤 음영(陰影) 같은 게 만들어졌다. 허나 나도 모르게 피식 웃음이 나왔다. 사랑? 의처증도 사랑이니? 반문하고 싶은 것을 꿀꺽 집어삼킨다.

"언니, 나…… 이혼할까? 너무너무……."

나는 동생이 줄인 말이, '너무너무' 어쨌다는 것인지 얼른 가늠할 수 없다. 혼잣말처럼 갑작스럽게 내뱉은 동생의 말에 나는 어젯밤 일을 떠올렸다. 새벽녘에 요의(尿意)를 느끼고 일어나 미닫이문을 열고 나갔다가 동생 방을 엿보았던 것이다.

묵지근한 어둠 속에, 조금 열린 동생의 방문 틈으로 창백한 빛이 새어 나오고 있었다. 욱인이가 칭얼대는 소리 사이사이로 동생의 새된 음성이 간헐적으로 흘러나왔다. 속사포처럼 쏘아대는 동생의 말 속에서 띄엄띄엄, 얏바리(역시)라든가, 쯔바라시(대단해) 같은 몇 개의 단어가 귀에 걸려졌다. 걱정과 호기심으로 문 밖에 서 있기는 했지만 일본어에 귀머거리나 마찬가지인 나로서는 도통 무슨 내용인지 알 도리가 없었다. 다

만, 말하는 쪽은 애오라지 동생뿐이고, 그녀가 무척 흥분해 있
다는 것만 알 수 있었다.

"이 나쁜 새끼야!"

경멸하는 듯도 하고, 약간의 체념기도 섞여 있는 분명한 모
국어였다. 씹어 뱉듯 내던져진 그 말은 잘 벼린 줄칼처럼 차갑
고 까칠했다. 온전히 의미를 해독하기 어려운 그 한마디가 나
로 하여금 문 옆으로 한 발짝 다가서게 만들었다.

비로소 제랑(弟郞)의 모습이 눈에 잡혔다. 제랑은 목을 길게
늘어뜨린 채 동생 앞에 무릎을 꿇고 앉아 있었다. 순간, 왜 동
생만이 그토록 일방적으로 화를 내고 있는지에 대해서는 궁
금하지 않았다. 한 장의 사진과도 같던 그 장면은 순식간에 뒤
섞이고 윤색되어 종당에는 '외로움'이라는 기호 하나로 내 머
릿속에 각인되었다. 외로움의 주인이 정확히 누구인지는 끝
내 알 수 없었다. 불처럼 화를 낼 수밖에 없었던 동생의 것인
지, 무릎을 꿇고 앉아 아무 변명도 하지 않던 제랑의 것인지,
그도 저도 아니면 그 새벽 예기치 않은 상황을 문밖에서 가슴
졸이며 바라보아야 했던 나의 것인지……. 그리고 말을 하지
않았지만 늘 몸과 눈빛으로 외로움을 토로하는 또 한 사람이
떠올랐다.

결혼을 하고 나서 남편은 하루에 열 번도 넘게 집으로 전화를 했다. 잠깐 시장에라도 갔다 오는 길이면 열쇠구멍에 열쇠를 꽂으면서도 끈덕진 전화벨 소리를 들어야만 했다. 그랬다. 나도 처음에는 그게 다 내가 사랑받으며 살고 있는 행복의 증거라고…… 보여 줄 수 있는 것이라면 지나는 사람들마다 붙잡고 보여 주고 싶을 정도로 자랑스러웠다. 휴대전화라는 물건이 나오고 생일 선물로 그것을 받아 들었을 때, 나는 그것이 얼마나 끔찍한 족쇄가 될 것인지 미처 알지 못한 채 찔끔, 눈물을 흘릴 정도로 고마워하였다.

"집에만 있는 여자가, 휴대전화는 뭐에다 써? 괜한 돈 썼어요. 아니, 이참에 나, 전에 다니던 직장 다시 나갈까? 정 팀장이 그러는데, 이러고 있지 말고 다시 나오는 게 어떠냐고 그러던데. 아닌 게 아니라, 어떻게 들어간 직장인데 싶기도 하고."

"정 팀장? 그놈이 왜 남의 유부녀한테 전화질이야? 언제 둘이 만난 거야?"

남편은 손톱 주변의 거스러미를 이로 잘근잘근 물어뜯으며 빠른 어조로 물었다. 남편의 손가락 끝은 늘 그렇듯이 침독이 올라 빨갛게 부어 있었다.

"어제 낮에 통화했어요. 정 팀장이 나랑 죽이 잘 맞았던 거,

자기도 알잖아. 왜 그렇게 예민하게 굴어요? 아휴, 그리고 그
것 좀 물어뜯지 않음 안 돼? 애도 아니고."

그 후로, 남편은 주로 휴대전화와 집 전화를 번갈아 가며
울려 댔다. 휴대전화는 전원을 꺼놓아도 안 되고, 화장실에서
볼일을 보느라 받지 못해서도 안 되었다. 어디야, 또는, 누구
랑 있는데, 단 두 마디가 그의 애정 표현의 거의 전부였다. 집
이라고 대답하면 그는 다시 집 전화를 걸어 재차 확인을 했
다. 전화벨이 울릴 때마다 가슴이 철렁철렁 내려앉았다. 등장
질하듯 집요하게 걸어 대는 남편의 전화에 점점 신물이 나기
시작했다. 더러 심사가 틀어져, 집에서 전화를 받으면서도 백
화점이라거나, 버스정류장이라고 거짓말을 늘어놓을 때도 있
었다. 그러면 그는, 왜 그렇게 조용하냐고 낮게 깔린 음성으로
물어 오는 것이었다. 지하철 안에서 남의 전화기가 울려도 나
는 화들짝 자지러졌다.

커피를 마시러 온 이웃집 여자들은 낮에 집으로 전화를 하
는 그를 두고 신랑이 찬찬한 성격인가 보다고 말했다. 앞에서
추어세우고, 뒤에서는 흉잡는 앞집 여자는, 당신 남편이 여자
마음을 잘 아는 사람이라고 부러운 척하기도 했다. 새댁 얼굴
부석부석한 것 좀 봐. 간밤에 바빴어? 자기는, 알면서 뭘 그런

걸 다 물어봐, 젊은 부부가 밤에 잠 안 자고 바둑 둘까 봐? 나이 든 여자의 질펀한 육담에 여기저기서 간살맞은 웃음이 터져 나왔다. 여자들의 음탕한 웃음이 베란다를 뛰어넘고 놀이터를 지나 한낮의 플라타너스 잎사귀를 까르르 떨게 만들었다.

어느 날부터인가 나는 남편과 부부관계를 하면서 눈을 뜨지 않게 되었다. 처음부터 끝까지 눈을 감은 채 아무런 감정 없이도 교접이 가능해졌다. 왜냐하면 상상 속에서 남편 아닌 정 팀장과, 눈이 서글서글하고 몸매가 좋은 남자 가수와, 심지어는 대머리 아파트 관리인과 정사를 하고 있었으므로……. 단언컨대, 육체적으로 불쾌하거나 불편하지는 않았다. 하여 딱히 억지로 바람을 피우려고 애쓸 필요는 없었다. 그러나 내가 덤덤하게 남편의 몸을 받아들이는 날이라고 해서 남편의 의심이 거두어지는 것 또한 결코 아니었다. 부부관계는 그저 부부가 공통적으로 갖게 되는 습관에 가까운 것이었다. 남편의 몸이 점점 이물 없이 친숙해졌으나 좀체 친밀감까지 생기지는 않았다. 남편의 의심과 한 달에 몇 번 있는 부부관계와 그러저러한 일들은 차츰, 맘에 들지는 않지만 아무렇게나 입기에 편안한 운동복처럼, 익숙하게 일상의 패턴이 되어 갔다. 다만 정념과 쾌락에 내맡겨진 몸이 저 혼자 허리를 비비 틀며 즐거운 비명을 질렀다. 그럴 때면 몸과 생각을 철저히 분리시킬 수 있다는 사실과 그중 한 가지만 갖고도 그럭저럭 만족하며 살게 된 나 자신이 그저 놀라울 따름이었다. 첫 아이를 임신했을 때, 남편의 의심처럼 나 또한, 뱃속의 아이가 과연 정 팀장의 아이인지, 남자 가수의 아이인지, 아니면 아파트 관리인의 아이인지가 의심스러웠다.

"언니, 안 먹고 뭐 해? 아참, 언니 비린 거 싫어하지. 에이, 괜히 석식 포함 요금으로 했나 보다. 식당 찾으러 다니기 귀찮을 것 같아서 그랬는데……."

사실 저녁 식탁은 훌륭한 편이었다. 메밀국수는 차졌고, 장어덮밥과 생선회는 알맞게 촉촉했으나 먹는 시늉만 하다가 붉은색 옻칠이 되어 있는 나무젓가락을 슬그머니 내려놓고 말았다. 시차적응이 안 돼서 그런다고 내가 농담을 하자, 동생이 킬킬거렸다. 이틀 동안 잠을 설친 탓에 머리가 어지럽긴 했다.

장어가 얹혀 있는 밥공기를 들고 동생이 밥을 먹는 동안 나는 손가락 끝을 물어뜯었다. 또! 왜 그래? 그거 좀 하지 말라니까! 아이를 야단치듯 낮은 목소리로 재우치는 소리에 나는 언제부터 내 손이 입술로 가 있었는지 되새겨 보았다. 손에 묻은 침을 냅킨에 닦고 멍청하게 식탁보를 바라보다가 체크무늬 식탁보를 손가락에 돌돌 말았다 풀었다 하기 시작했다. 식탁보 자락에 달라붙은 실마리를 잡아당기자 실이 길게 끌려나온다. 헝겊 밑단에 쪼글쪼글한 주름이 잡혔다. 반복해서 실을 당겼다 풀었다 하면서 동생의 식사가 끝나기를 초조하게 기다렸다. 딱히 바쁜 일도 없는데 왠지 초조하다. 전화벨 소리가 당장이라도 중이(中耳) 끝에 붙어 있는 고막을 잡아챌 것만 같다. 식당 안의 비린내에 갑자기 욕지기가 치민다. 생목이 올라 미간에 주름을 그으며 신 침을 삼켰다.

그때 키가 작고 오종종한 이목구비의 남자가 다가와 굽실거리는 태도로 내게 뭐라 뭐라 말을 걸었다. 갑작스런 남자의 출현에 눈만 껌벅이며 대답을 않자, 그가 고개를 외로 꼬며 동생에게 또 무슨 말인가를 건넸다. 동생이 킬킬대며 그에게 짤막하게 대꾸했다.

"이 집 지배인이라네. 음식이 입에 안 맞느냐고 묻는데? 어린이 손님용 돈가스라도 가져올 테니 먹겠느냐고……. 저 사람이 그러는데 언니가 중국인 같대. 나보고 까다로운 외국인 접대하기 힘드시겠대."

나는 지배인에게 손짓 발짓 섞어 가며, 저녁 맛있게 먹었습니다, 분명한 한국어로 말했다. 그가 동생을 쳐다보며 고개를 갸우뚱해 보인다. 동생이 웃는 낯으로 통역을 했고, 그가 소데스까, 스미마셍 스미마셍(아, 그렇습니까? 미안합니다, 미안합니다)을 연발하더니 몸을 돌려 주방 쪽으로 걸어가 버렸다. 나에게 말을 걸어올 사람도, 내 말을 기다릴 사람도 동생 외에는 없는 곳인 줄 알았는데 꼭 그렇지만도 않다.

동생이 자기 앞의 밥과 국수를 다 먹어치우고도 내 앞의 음식까지 집적거렸다. 젖감질 하는 아기를 둔 산모라면 으레 그럴 법한 일이긴 하지만, 동생은 몰라볼 정도로 먹는 양이 늘어 있었다. 지금쯤 동생의 가슴에서는 유선을 돌아 나온 유즙이 맹렬하게 유방을 채우고 있을 것이다. 욱인이의 말캉거리는 볼이 떠오른다. 그러고 나자 젖이 돌 때의 저릿함이 나에게도 전이되어 다시금 유두(乳頭) 주위를 맴돈다.

지금쯤 아이는 어떻게 하고 있을까? 떠올리지 않으려고 의식적으로 애썼던 상념들이 한꺼번에 몰려든다. 얼마 전까지만 해도 아이는 자다가 툭하면 경기를 일으키듯 엄마를 찾으며 울었다. 그런 아이를 어디 맡기고 집을 비우는 일도 조심스러워서 나는 끝내 직장에 나가는 일을 포기했다. 하지만 내 발목을 틀어쥔 채 옴짝달싹할 수 없게 만드는 아이가 또 다른 족쇄처럼 느껴져 때때로 아이를 미워하기도 했다. 젖을 떼고 난 후에도 젖을 만지작거리다 잠드는 습관은 아직까지 고치지 못했다. 며칠 새 어떻게 잠을 청하고 있을까. 아이를 생각하자, 가슴 한쪽이 서늘해진다.

“어디 갔다 온 거야? 형부랑?”

“어, 그런 게 있어. 그냥 바람 쐬러…….”

“혼자?”

동생의 물음은 집요하다. 하지만 나는 남편에게 그랬듯이 동생에게도 아무 말을 할 수가 없다. 며칠 전 정 팀장과 만났던 이야기를 한다면 거듭 형부에게 잘해야 한다며 덮어 놓고 힐난할 게 너무나도 뻔하다.

돌돌 만 석간신문을 바통처럼 들어 올리며 정 팀장이 카페로 들어왔다. 그는 어깨를 심하게 건들거리는 특유의 걸음걸이로 다가와 소파에 몸을 묻었다. 오랜만에 만난 정 팀장은 별로 변한 게 없어 보였다. 각진 턱에 굴러 떨어질 듯 튀어나온 눈, 얼굴 한가운데 둔감하게 뭉쳐 있는 코, 달라진 것이 있다면 전보다 배가 더 나와 있다는 것 정도였다.

“어이구, 재미가 좋은 갑제? 통 코빼기도 안 비 주고. 이기 얼마 마이고, 이?”

정 팀장이 직장 동료였던 데다가 남자이긴 했어도, 마음이 잘 통하는 친구로서 나는 그를 좋아했다. 아무리 심각한 이야기도 그의 걱실걱실한 말투를 거치고 나면 이상할 만큼 그다지 무겁게 여겨지지 않았다. 그렇다고 해서 그가 남의 상처를 우습게 보는 것은 아니었다. 정 팀장의 입은 일종의 필터와 같아서, 고민이 있을 때 그와 한참 수다를 떨고 나면 한결 마음이 가벼워지곤 했던 것이다.

기분 좋게 취한 내가 2차를 가자고 제의했고, 3차를 가자고 졸랐으며, 급기야 여관 앞에서 막무가내로 들어가자고 그의 양복저고리를 잡아끌었다. 아이고, 아주마이, 아주마이 취해 삣네예. 서방님이 계속 전화할 낀데. 나는 싫다는 정 팀장을 내버려둔 채, 줄줄 늘어진 여관 대문의 비닐 포장을 헤치고 삐트적거리며 안으로 들어갔다.

방 안의 촉수 낮은 붉은 조명등은 흔하게 생긴 휴지통마저 선정적인 보라색으로 바꿔 놓았다. 그 붉은 등 아래 정 팀장이 책상다리를 하고서 앉았다.

“니가 들오라 캐가 들온 거 아이다. 여자 혼자 이런 데 들어오는 게 마땅치 않아가……. 니를 내 친구로 생각해 하는 말이지만서도, 취해서 이러는 거 내는 정말 싫다. 곱게 디비 자든 가, 택시 잡아 주께 드가든가 그 캐라."

정 팀장은 윗저고리만 의자 위에 던져 놓고는 양말도 벗지 않은 채 침대 위로 냉큼 올라갔다. 그리고 이내 잠이 들었는지 우렁우렁 방 안을 울리며 코를 골기 시작했다. 나는 냉장고를 열어 생수를 꺼내 마셨다. 생수 한 통을 다 마시고 나자 어렴풋하게 정신이 돌아왔다. 열심히 코를 골며 자고 있는 정 팀장이 야속하기도 하고, 고맙기도 하고, 우직해 보이기도 하고, 병신 같아 보이기도 했다. 나는 곱게 잘 것인지 아니면 정 팀장 말대로 당장 택시를 타고 집으로 돌아갈 것인지 판단을 내리지 못한 채 망설였다. 그냥 돌아간다 해도 남편의 닦달에 곱게 자기는 어려울 터였다.

화장실로 가 한바탕 토악질을 하고 나서 양치질을 하고 돌아와 나는 살그머니 침대로 올라갔다. 벽 쪽으로 바짝 돌아누운 정 팀장의 넙데데한 등짝이 들먹거릴 때마다 참기 힘든 소리가 났다. 실로 굉장한 코골이였다. 이대로는 잠을 자기 힘들다는 생각에 TV를 켰다. 가슴이 수박통만 한 백안의 여인과 엉덩이 근육이 잘 발달된 흑인 남자가 브라운관 속에서 한창 방사를 치르고 있었다. 열에 들뜬 신음 소리가 스피커로 흘러나왔다. 나는 얼른 리모컨을 집어 들어 볼륨을 0으로 낮추었다. 채널을 돌리자, 올이 성근 그물 같은 속옷을 입은 여자가 다리를 벌린 채 마스터베이션을 하는 중이었다. 화면에 깔린 음악은 미미한 진동만이 느껴졌지만 여자의 표정은 한없이 농염하여, 저것이 과연 연기일 뿐일까 하는 의문이 들었다.

잠자코 그 여자의 쾌락을 눈여겨보고 있자니, 배꼽 아래에서 뜨거운 것이 뭉근하게 치받는 느낌이 들었다. 이윽고 불두덩 아래가 축축해져 왔다. 얼마 후, 몸엣것이 흐른 것처럼 속옷이 젖어 버리고 말았다. 나는 지퍼를 내리고 팬티 속으로 손을 집어넣었다. 정 팀장이 깨어나면 어쩌나 신경이 쓰였다. 불현듯, 내 삶에는 어째서 몸과 마음이 일치하는 순간이 이다지도 없는 것일까 하는 새삼스러운 불만이 치밀었다. 눈으로 화면을 좇으며 남몰래 쾌락에 탐닉하면서도 이 요령부득한 현실이 난처하고 부끄러운 한편으로, 무언가 매우 부당하다는 생각이 들었다. 그 와중에서도 육체만은 저 혼자서 거늑한 포만감을 만끽하고 있었다.

남편은 밤새 잠들지 못했던 듯 거칠한 얼굴로 거실 창 앞에 석고처럼 서 있었고, 나는 입을 다문 채 그의 곁을 지나쳐 방으로 들어갔다. 그리고 소리 나지 않게 조심해 가면서 가방을 쌌다. 뜻밖에도 남편은 나에게 아무것도 묻지 않았고, 붙잡으려 하지도 않았다.

남편은 왜 그랬을까? 나는 수국 위의 달팽이처럼 발밑의 위험이나 혼란을 예기치 못했던 것은 아닐까? 그렇지는 않을 것이다. 남편의 성정을 몰랐다면 모를까, '단지 취했기 때문에'라는 것은 이유가 되지 못한다. 혹여 어떤 빌미를 만들어 자연스럽게 파국으로 가는 길을 내려고 애썼던 것은 아닐까.

저녁을 먹고 나서 우리는 호텔 주변의 산책로를 걸었다. 삼나무 숲에서 불어온 바람이 동생의 머리카락을 흘어 놓고, 강아지풀 위를 뛰어다니다가 가뭇없이 사라졌다. 그 결에 동생에게서 풍겨 나오는 젖 냄새가 술술 나에게까지 끼쳐 왔다.

"무슨 일인지는 몰라도 이혼, 하고 싶으면 해. 요즘 세상에 이혼이 무슨 흠이니?"

동생이 의외라는 듯이 수굿한 눈길로 나를 바라보았다. 무슨 말인가를 하려다 말고, 길가의 강아지풀을 뽑아들었다. 개꼬리처럼 생긴 이삭만을 남기고 줄기는 손톱으로 잘라 냈다. 그것을 코 밑에 수염처럼 붙이고 윗입술을 들어 올려 떨어지지 않게 고정시켰다.

"언이, 이거, 생가나? 우이 어여서 이여구 노야잖아."

강아지풀 수염을 단 동생이 우스꽝스러운 입 모양으로 말해 놓고는 킬킬대며 웃었다.

"생각나. 아카시아 줄기로 파마도 해주고, 삘기도 뽑고 그랬는데……. 얘, 그때, 거북탕 가면 엄만 왜 그렇게 우유 한 봉지에 벌벌 떨었다니? 그까짓 거, 얼마나 한다고."

어느새 강아지풀을 떨어뜨린 동생이 글쎄 말이야, 대답한다. 짙은 그늘의 삼나무 숲 속에 매복해 있던 어둠이 산책로 주변으로 몸을 낮추며 슬금슬금 기어 나오기 시작했다.

노천탕의 물은 좀 뜨거운 것 같다. 밤공기에 한껏 오그라들었던 몸이, 뜨거운 탕 속에서 금세 풀어졌다. 물 밖으로 머리만 내놓은 채 앉아 있으니 머리는 아주 차가워지고, 몸은 나른해진다. 머리 위로 다보록한 수국 꽃송이가 닿을락 말락 고개를 숙이고 있다. 몇 분 되지 않아 기분 좋은 노곤함이 느긋하게 밀려왔다.

"아키토가 보고 싶네. 웃기지? 그 애 옆에 있을 때는 한 번도 그런 생각 안 해봤는데……. 보이지 않는 끈이 아키토랑 나랑 단단히 묶어 놓은 것 같단 생각이 들어……. 언니, 머리 위에 수국 좀 봐. 꼭 구름 같아. 하늘색 수국, 꽃말이 뭔 줄 알아?"

"아아니, 뭔데?"

"나도 몰라. 알면 물어봤겠어?"

나는 어쩐지, 동생의 망설임의 근원을 알 것도 같다. 햇살 밝은 한낮에는 보이지 않다가도 안개 자욱한 새벽이나 흐린 날엔 제법 잘 보이는 거미줄처럼, 관계에 균열이 갈 때 비로소 그런 게 있었지 싶은 끈……. 남편과 아이 그리고 나를 엮고 있는 끈은 얼마나 튼튼한 것일까. 물속에 몸을 담근 채 우리는 한동안 아무 말이 없다. 별안간 동생이 물 밖으로 상체를 벌떡 일으켜 세웠다. 그녀의 갑작스러운 행동에 나도 엉거주춤 일어났다.

"가슴이 아퍼, 언니. 쓰읍……. 언니, 어떻게 좀 해봐 봐. 가슴이 아퍼……. 쓰읍…… 죽겠다구!"

동생이 양손으로 유방을 감싸 쥐고 탕 밖으로 서둘러 나갔다. 아차 싶었다. 동생이 젖몸살을 앓고 있다는 사실을 잊고 있었던 것이다. 호텔에 도착한 후로 약간의 젖을 짜낸 후 한참이 지났건만 괜찮은지 묻지도 않았다. 갑자기 따뜻한 물속에 들어앉아 있어서 피돌기가 빨라져 통증이 한꺼번에 몰려든 모양이다. 동생은 눈을 찡그리고 미간을 한껏 좁히고 앉아, 제 가슴을 건드리지도 못한 채 가쁜 숨을 몰아쉬었다.

"이렇게 돌아앉아 봐, 좀 보게."

동생의 유방에서 방울방울 유즙이 떨어졌다. 욱인이가 곁에 있었다면 꿀꺽꿀꺽 흐뭇한 소리를 내면서 그 젖을 마셨으련만, 아니 유축기라도 있었으면 아쉬운 대로 동생의 아픔을 삭일 수 있으련만……. 손만 대도 아픈지 동생은 으으으, 몸서리를 쳤다.

"안 되겠다. 내가 빨아 줄게. 그렇게 하면 아프진 않을 거야."

동생은 하는 수 없이 내게 젖꼭지를 내맡겼다. 나는 동생의 가슴에 얼굴을 묻고 젖을 빨기 시작했다. 유두에 맺혀 방울져 떨어지던 젖은 내가 입을 대자마자, 기다렸다는 듯이 입천장을 쏘며 마구 뿜어져 나왔다. 달착지근하고 따뜻한 젖이 입안에 가득 고였다. 나는 차마 그것을 뱉어 낼 수가 없다.

희미한 가등 아래서 동생은 우는 것도 같고 웃는 것도 같은 묘한 표정을 한 채 내게 몸을 맡기고 있었다. 힘없이 늘어져 있던 동생의 손이 어느 순간 내 머리를 쓰다듬기 시작했다.

동생의 젖을 빨며 나는 공항에서 로밍 신청을 해둔 휴대전화를 어디에 두었는지를 생각했다. 남편은 불안정하게 손톱을 물어뜯으며 연신 휴대전화를 눌러 대고 있을지도 모를 일이었다. 밤의 한가운데 잠겨 있는 바다에서 파도 소리가 밀려들었다.

 이즈 반도의 만월(滿月)이 강물처럼 조용하게 동생의 젖은 머리카락 위로 흘러내리고 있었다.

대신
울어드립니다

여자가 고욤나무 잎사귀를 주워 찻주전자에 넣었다. 토분 언저리에 떨어진 잎사귀는 네 개다. 제법 무성하던 잎이 이젠 듬성듬성하다. 여자의 손길이 마치 사랑하는 이의 부음을 듣고 남몰래 향을 피우는 사람의 몸짓 같다. 오피스텔로 이사 온 후 나무가 시들기 시작했을 때 여자는 식물에게 바람이 얼마나 중요한지 비로소 알게 되었다.

열세 평짜리 원룸 오피스텔은 통풍이 잘 되지 않았다. 쪽창이 고작 스케치북 넓이에 그마저도 30도 각도밖에 열 수 없게 되어 있었다. 자고 일어나면 언제나 목이 칼칼했으며 눈이 씀벅거리고 매웠다. 건조한 데다 환기가 되지 않아서였다.

시원하게 열리지 않는 창문처럼 여자의 시간도 어디에 가

닿지 못한 채 방 안에서만 맴돌다가 건조하게 쌓여 갔다. 붙박이를 제외한 모든 가구들은 창을 바라보고 앉아 있었다. 가구라고 해봐야 싱글침대와 2인용 식탁, 조악한 책상이 전부다. 창문 쪽으로 앉아서 밥을 먹고 창문 쪽으로 머리를 둔 채 잠이 들었다. 방 모양이 길어서 관 같다는 생각이 불현듯 들곤 했다. 벽에는 풀지 않은 이삿짐 박스가 아무렇게나 쌓여 있었다.

여자의 일과는 더할 수 없이 단조로웠다. 아이의 전화를 기다리다 이따금 고욤나무와 대화를 시도하는 것 말고는 이렇다 할 게 없었다. 식사와 수면을 빼면 라디오를 듣거나 웹서핑을 하는 게 고작이었다. 외출은 거의 하지 않았다. 건물 일층에 있는 편의점에서 즉석 밥, 즉석 국, 즉석 카레 따위를 사다가 전자레인지에 돌려 상을 차렸다. 인스턴트 음식들을 고급 레스토랑 정찬을 먹듯 공들여 먹었다. 즉석 카레 속에 들어 있는 문드러진 야채들을 오래도록 혀로 굴려 가며 아주 천천히 씹었다.

언젠가는 나도 너처럼 햇볕만 배 터지게 먹고 급기야 말라 죽을지도 몰라. 고욤아, 아무래도 나, 우울증인 거 같지 않니?

누렇게 시든 채 떨어진 잎들을 여자는 도저히 쓰레기통에 버릴 수 없었다. 살아 있는 것이라고는 나무 한 그루와 자신뿐인 열세 평 안에서 죽어 가는 이파리를 바라보는 여자의 심정은 절박했다. 그렇다고 화분을 끌어안고 병원에 갈 수 없는 노릇이었다. 벌어진 창문 쪽에 바짝 붙여 놓고 무기력하게 물을 주는 것밖에는 달리 뾰족한 수가 생각나지 않았다.

고욤나무를 대하는 여자의 태도는 염사처럼 자못 경건해 보였다. 마른 고욤 이파리가 들어 있는 주전자에 한김 빠진 뜨거운 물을 붓고 음미해 가며 홀짝이다 보면 찻잔 귀를 잡은 손에서 자기도 모르게 통통한 새끼손가락이 새순처럼 뻗어 나오곤 했다.

여자는 천성이 밝고 정이 많은 사람이어서 누구와도 쉽게 어울리는 편이었다. 유치원생을 대상으로 하는 한글 방문교사는 여자의 성격에 잘 맞는 직업이었다. 까다롭고 말 많고 요구 사항이 다양한 학부형과도 무람없이 수다를 떨 수 있었다. 여자는 엄마들의 하소연을 그 누구보다 잘 들어 주는 커다란 귀였다. 그들의 이야기에 빠져들어 곧잘 콧물을 훌쩍이고는 했다. 누군가 웃으면 이유를 몰라도 웃고 울면 따라 우는 거울이었다. 그러나 요즘은 웃을 일은 별로 없고 울 일만 태산 같은 자신의 처지가 찻잔 바닥에 가라앉은 고욤 잎 같다고 생각했다. 아이와 마지막으로 통화한 것도 벌써 한 달 저쪽의 일이었다.

이즈음 여자는 모르는 번호만 골라 받았다. 이름이 저장되지 않은 번호가 액정에 뜰 때면 심장 고동이 속도를 높였다. 그런 전화들이 대부분 광고전화라는 사실을 모르지 않았다. 아이는 누군가의 전화를 운 좋게 빌리거나 하교 길 공중전화에서 수신인 부담으로 전화를 걸어왔다. 아이에게는 휴대전화가 없었고, 여자가 집으로 전화를 걸 수도 없었다. 언제 아이가 전화를 할지 알 수 없었기 때문에 배터리가 넉넉한지 수시로 확인하는 건 물론이고 손만 뻗으면 닿을 곳에 휴대전화를 놓아두고 잠을 잤다.

컴퓨터로 켜놓은 라디오가 저 혼자서 떠들어 대고 있었다.

이곳 방송국 근처에는 비가 오기 시작했어요. 여러분이 계신 곳은 어떠신가요? 아침부터 하늘이 잔뜩 찌푸리고 있어서 기분이 가라앉았는데 빗방울이 떨어지니까 오히려 개운해지는군요. 애청자 여러분은 기분이 울적할 때 어떻게 하세요? 마음의 병이라고 하지요? 며칠 전 유리서 씨가 우리 곁을 떠났네요. 아름다운 배우를 더 이상 볼 수 없게 됐는데요. 우울증을 앓고 있었다는 사실을 지인들이 전혀 눈치 채지 못했다고 하네요. 마포에 사시는 김미선 씨가 콩으로 보내 주신 사연입니다. 저는 너무 맑은 날 오히려 우울해요. 그럴 땐 영화

〈바그다드 카페〉가 생각나요. 그러시군요. 슬픈 기분을 어떻게 떨쳐 버리는지도 알려 주셨으면 좋았을 걸 그랬어요. 저는 슬플 때 지쳐서 잠이 들 때까지 더 슬픈 음악을 들으면서 실컷 울어요. 그러고 나면 오히려 나아지더라고요. 차라리 실컷 우세요. 의외로 효과가 좋아요. 곧 괜찮아지실 거예요. 김미선 씨의 신청곡 〈콜링 유〉 띄워 드립니다.

우울증이어야 했다. 이상한 점이라면 길 건너 ‘남녀가발맞춤’이라는 간판만 내려다보면 웃음이 나와서 견딜 수 없다는 점이었다. ‘남녀가발맞춤’ 글씨 옆에 남자와 여자 얼굴 사진이 들어가 있었다. 여자는 그곳을 사교댄스 교습소라고 생각했다. 편의점에 갔다 오는 길에 각종 가발을 쓰고 있는 두상 마네킹이 쇼윈도에 진열돼 있는 것을 본 여자는 ‘남녀가 발맞춤’이 아닌 ‘남녀 가발 맞춤’으로 읽어야 한다는 사실을 뒤늦게 깨달았다. 남녀가 발맞춰 가발을 맞추러 가는 가게. 실없는 웃음이 피식 나왔다.

책상 앞에 앉은 여자가 모니터에 검색창을 띄워 놓고 빗방울 듣는 창 너머 세상에 눈길을 주었다. 우울증 자가진단. 정신과 의사의 블로그에 들어갔다.

아홉 개 항목 중 다섯 개 이상 해당되면 우울증입니다. 증세가 2주일 이상 지속되면 전문의에게 상담을 받으세요. 딱히 하는 일도, 하고 싶은 일도 없다. 그러면서도 매일 피로하다. 일상생활에서 흥미나 즐거움이 현저히 줄어들었다. 가볍게 고개를 주억거리던 여자가 스크롤바를 내려 아래 항목을 읽어 내려갔다. 자신이 초라하거나 무가치하다고 느끼며 불필요한 죄책감에 시달린다. 슬프다, 울고 싶다는 감정을 자주 느낀다. 울고 싶다는 감정에 자기도 모르게 빠져들지만 마음껏 울지도 못한다. 모든 항목에서 여자는 멈칫거렸다. 그런 것도 같고 아닌 것도 같았기 때문이다. 마음은 울 준비가 되어 있는데 눈물이 나오진 않았다. '남녀가발맞춤'처럼 시시한 일에 피식피식 웃음이 나오는 게 아무래도 이상했다. 매일 울어도 모자랄 판에 외려 웃음이 나오다니……. 건조한 공기 때문일 거라고 여자는 생각했다.

우울증이 의심된다면 술, 담배를 멀리하고 혼자 있지 말 것과 가벼운 운동을 하면서 햇볕을 자주 쬐어야 한다. 감정을 솔직하게 표현하고 나서 훌훌 털어 버리라는 말도 있었다. 라디오 진행자와 같은 처방이었다. 우울증을 극복하려면 우선 눈이 붓도록 울고 난 다음이라야 가능할 듯했다. 여자는 조바심이 났다. 울어야 된다는 생각이 들기 시작하자 울지 못해 안달이 났다.

식탁 위에서 전화벨이 울었다. 먼 거리도 아니건만 여자는 겅중대며 달려갔다. 중학교 동창 은희였다. 실망감에 여자가 잠시 머뭇거리는 새 문득 혼자 있는 시간을 줄이라던 말이 떠올랐다. 이년아 저년아 해가면서도 무람없이 깔깔대는 친구 사이라 망설임은 길지 않았다.

"금희니? 이 지지배가 언니 전활 씹었어? 한 동네로 이살 왔으면 이 언니한테 전입신골 해야지. 너 지금 뭐 해, 뭐 하고 있었어?"

금희, 은희. 자매 같은 이름 덕에 서로 언니라고 우기곤 하던 학창 시절이 어제 같았다. 응…… 그냥 있었지 뭐. 울려고 애쓰는 중이었다는 말은 하지 않았다. 같은 동네로 이사했다는 사실을 누구에게 들었을까 궁금했지만 묻지 않았다. 반복되는 통화 거부에 화가 난 은희가 여자의 집으로 전화를 걸었을지도 모른다. 혼자서 웬 청승이니. 선린오피스텔이라고? 어머머, 우리 교회 앞이네. 어머나, 어떡해, 진짜 잘됐다 얘. 나 안 그래도 지금 금요찬양예배 가던 참이었는데. 교회서 만나자. 얼른 옷 갈아입고 나와. 신이 나서 떠들어 대던 은희는 대답을 듣기도 전에 전화를 끊었다. 기독교신자가 된 은희가 요 몇 년 사이 부쩍 집요해졌다. 맥주나 한잔 하자는 말처럼 교회나 한번 가자고 권했다.

여자가 이삿짐 상자를 뒤지기 시작했다. 어느 상자에 옷이 들어 있는지 알 수 없어서 박스 몇 개를 뒤집어엎어야 했다. 쌓인 옷가지와 물건들 틈에서 방문교사를 할 때 입던 모직바지를 꺼냈다. 밑위가 넉넉해 앉았다 일어서기 편해서 자주 입던 바지였다. 엉덩이 부분 옷감이 반질거렸다. 단추가 채워지지 않았다. 지퍼도 반밖에 올라가지 않았다. 삼겹살 두둑해진 아랫배가 거북했다. 미쉐린 마스코트가 연상됐다. 나 곧 터져버릴 거야, 엉성하게 박음질된 싸구려 지퍼가 비명을 질렀다. 정말이지 의자에 앉다가 엉덩이 부분이 미어터질 것 같았다. 트레이닝바지를 입고 가나 궁리하던 여자가 데님바지를 떠올렸다. 아이를 임신했을 때 입던 옷이다. 박스 두 개를 더 뒤진 끝에 물색없는 청바지를 찾아냈다. 만삭까지 입었던 고무줄 바지허리가 맞춤한 듯 꼭 맞는다. 짧은 파마머리 위에 야구 모자를 얹었다. 양치질하기가 귀찮아 껌을 입에 넣었다. 여자가 비 오는 찻길을 건너 교회를 향해 걷기 시작했다.

교회 앞에서 10분쯤 기다리자 택시 한 대가 빗물을 튀기며 여자 앞에 멈춰 섰다. 손님이 택시 요금을 셈하는지 잠시 동안 비상등이 깜빡거렸다. 택시에서 내린 은희가 우산을 받쳐 들고 여자를 향해 걸어왔다. 낭창한 허리에 감겨 있는 땡땡이무늬 원피스가 썩 잘 어울렸다. 여자보다 못해도 예닐곱 살은 어려 보였다. 은희가 느닷없는 대발견이라도 한 것처럼 탄성을 질렀다. 어머 애, 벌써 와 있었니? 잘 왔어. 너 안 오면 데리러 갈라 그랬어.

은희가 현관 앞에 놓인 우산꽂이에 우산을 꽂았다. 비 오는 금요일 저녁인데 통 안에는 우산이 빼곡히 들어차 있었다. 친구에게 손목을 잡힌 여자가 엉거주춤 교회 로비에 들어섰다. 지나치게 화려한 샹들리에에서 노란색 빛이 환하게 뿜어져 나왔다.

"안녕하세요? 오늘은 간증집회로 바뀌었습니다. 주보 받으세요."

"어머, 박 집사님이 오늘 안내담당이시구나. 전 또 오늘 우리 구역이 담당인 줄 알고 왜 전화가 안 오나 했어요. 5구역 자매들은 다 어디 가고 박 집사님 혼자 계세요?"

로비에 서 있던 중년남자에게 은희가 알은체했다. 환영합니다, 굵은 글씨가 새겨진 띠가 남자의 감색 양복 위에 걸려 있었다. 구역이니 자매니, 둘만 아는 교회 소식에 여자는 멍하니 로비 안을 두리번거렸다. 여자의 모자 챙에서 빗물 한 방울이 은희의 원피스 어깨 위로 떨어졌다. 앗, 차거! 은희가 여자를 새삼스레 아래위로 훑더니 동그랗게 눈을 치켜뜨고 목소리를 낮췄다.

"얘, 너 비 맞았니? 얼굴엔 뭘 이렇게 묻히고 다니는 거야? 어머, 얘 좀 봐. 옷은 또 이게 뭐니? 신발까지 짝짝이로 신고 왔네."

소시지처럼 빵빵한 청바지에는 분홍색 큐빅이 듬성듬성 떨어진 장미꽃이 피어 있었고, 두세 군데 길게 찢어진 데님 천 사이로 여자의 다리 살이 삐져나와 있었다. 계절에 어울리지 않는 스웨터에서는 나프탈렌 냄새가 풍겼다. 하늘하늘한 은희의 반팔 원피스 차림과 대조적이었다. 스웨터 아랫단에는 세탁소 이름표가 그대로 붙어 있었다. 스테이플러로 집어 놓은 흰색 종이를 떼어 주며 은희가 말했다.

"하나님 만나러 오는데, 세수라도 하고 예쁘게 화장도 하고 좀 올 것이지. 교회 안이니까 모자 벗어라 애. 얼른 벗어!"

은희의 끝없는 잔소리에 여자는 억하심정이 들었다.

"내 옷이 왜! 뭐가 어때서 자꾸만 벗으라 그러니. 넌 하나님이랑 섹스하러 교회 오니?"

어머머머머머……. 은희가 입을 다물지 못하고 서 있는 사이 둘의 대화를 듣고 있던 중년남자가 얼굴이 벌겋게 달아오른 채 큼큼거렸다. 모자를 벗으면 떡이 된 파마머리에서 스멀스멀 냄새가 피어오를 터였다. 여자는 끝내 모자를 벗지 않았다.

예배당에 들어온 두 사람이 중간쯤에 자리를 잡았다. 여자의 왼편에 얌전한 노부인이 앉아서 두 손을 모으고 기도를 하고 있었다. 오르간 연주가 은은하게 예배당에 울려 퍼졌다. 여자는 다리를 꼰 채 신발을 내려다보았다. 한쪽엔 굽 낮은 단화를, 한쪽엔 운동화를 신고 있다는 사실을 어째서 알아차리지 못했는지 여자는 의아했다. 골똘히 생각에 잠겨 있는데 여자의 허벅지 위로 누군가의 손이 스윽 다가왔다. 희고 쪼글쪼글한 노부인의 오른손이었다. 노부인은 포개져 있는 여자의 오른쪽 다리를 살며시 내려주었다. 깜짝 놀란 여자가 남의 옷에 흙이라도 묻힌 줄 알고 손을 뻗어 노부인의 주름치마를 몇 차례 털었다. 이번에는 반대편 쪽으로 다리를 바꾸어 꼬았다. 그러고는 다리를 달달달 떨어 대기 시작했다. 다섯 명이 앉을 수 있는 나무의자가 묵직하게 진동했다. 주름으로 뒤덮인 노부인의 손이 재빨리 움직였다. 여자가 다리를 떨지 못하도록 허벅지를 지그시 누르더니 조심스레 여자의 다리를 제자리에 돌려놓았다. 여자가 노부인을 바라보았다. 노부인이 체크무늬 토트백에서 티슈를 꺼내 말없이 건네더니 턱짓으로 껌을 뱉으라는 시늉을 해 보였다. 이빨 자국 선명한 껌이 휴지 위에 떨어졌다. 여자는 턱짓으로 맛있게 드시라는 시늉을 해보이며 휴지를 노부인에게 돌려주었다.

집회가 시작되고 한 남자가 말을 하기 시작했다. 한쪽만 길게 기른 머리카락이 대머리 위에 널려 있었다. 기름을 골고루 바른 김 같았다. 빗이 지나간 흔적이 고스란했다. 남자는 신앙 좋은 집안의 장남으로 태어났다고 자신을 소개했다. 일찍이 자수성가하여 나이 서른에 그 계통 사람이라면 알 만한 중소기업의 사장이 되어 회사를 견실하게 꾸려 나갔다. 사업을 확장하다 사채를 끌어다 쓰게 된 남자는 깡패들에게 납치되어 신장을 떼일 뻔도 했었노라 말했다. 도망을 다니면서 매일같이 술을 억병으로 마시다가 결국 노숙자 신세가 되었다는 대목까지는 어디서 들어본 듯한 이야기였다. 그저 그런 지루한 이야기를 남자는 잔뜩 흥분한 채 떠벌렸다. 양 입꼬리에 진득해 보이는 거품이 허옇게 맺혔다.

"배가 너무 고프고 몸이 아파서 어느 날 집에 돌아가 보니 식구들이 이사를 가버리고 없습디다. 저는 그때 하늘을 향해 감자를 여섯 번 먹였습니다. 니가 신이냐, 넌 개새끼다. 입에 담을 수 없는 욕을 하면서 고래고래 소리를 질렀습니다. 사람들이 슬슬 피해가대요. 지나가면서 누군가 그럽디다. 술을 처먹으려면 곱게 처먹어. 주머니 속에는 소주 한 병 살 돈도 없었는데 말입니다. 누굴 때리고 교도소에 가면 배라도 채우겠다 싶어서 그 사람을 따라갔습니다."

주여~ 하는 교인들의 탄식 속에 남자의 실패담이 이어졌다. 그저 가볍게 시비를 붙여 경찰에게 잡혀 가면 그만이라고 생각한 남자가 행인을 밀쳤고, 하필이면 그 사람이 교체하려고 쌓아 놓은 보도블록 쪽으로 넘어지고 말았다. 남자의 비행은 '사회에 불만을 품은 한 노숙자의 묻지 마 범죄'라는 제목 아래 신문에도 났다고 했다.

"그분은 하반신 마비 장애인이 되고 말았습니다. 판사 앞에서 제가 그랬습니다. 죽을죄를 지었습니다. 꼭 사형을 언도해 주십시오. 정말 너무 죄송해서 살 수가 없겠더라고요. 교도소에 들어가서는 매일 무릎을 꿇었습니다. 하나님 앞에 회개하고 싶은데 기도를 어떻게 하는지 까먹어서 눈물만 흘렸어요."

감정이 복받친 남자가 울먹거리자 여기저기서 주여~가 터

져 나왔고 훌쩍이는 소리도 들렸다. 사람들이 감동해 울기 시
작하자 남자는 자기 말을 되새김질하려는지 간증을 잠시 멈
추고 물을 찔끔 마셨다. 그러고는 엄지와 검지로 양 입술에 붙
어 있던 허연 거품을 입속으로 몰아넣은 후 간이라도 보는 사
람처럼 몇 차례 쩝쩝댔다.

크윽 큭큭큭큭……. 이상한 소리에 은희가 여자 쪽을 바라
보았다. 어느새 다리를 다시 꼬고 앉아 있던 여자가 고개를 숙
인 채 어깨를 들썩이고 있었다. 은희와 노부인은 여자가 울음
을 참는가 보다고 생각했다.

교인들이 남자의 간증에 귀 기울이고 눈물을 흘리는 동안
여자는 내내 불쌍한 고욤나무 생각을 해야만 했다. 남자의 얼
굴만 보면 웃음이 나왔기 때문이다. 여자의 머릿속은 온통 구
이 김 같은 남자의 머리 위에 맛소금을 뿌리고, 입꼬리에 붙
은 허연 거품을 닦아 주고 싶다는 생각으로 가득했다. 터지는
웃음을 꾹꾹 눌러 담느라 남자의 얼굴을 보지 않으려고 눈을
감기도 해봤지만 대머리 위에 줄줄 널어 놓은 파래 김이 눈에
박힌 듯이 떠올랐다. 웃음을 참는 일이 얼마나 큰 고역인지 여
자는 이제껏 알지 못했다. 역부족이라고 여긴 여자가 눈을 번
쩍 뜨고 강단을 바라본 바로 그때 남자가 자기 침을 다시 먹

어 버리는 장면을 보고 만 것이었다. 고개를 숙이고 큭큭거리던 여자가 사래 들린 기침을 쏟았다. 웃음과 기침을 동시에 참는 게 너무 힘들어 눈물이 나왔다. 옆에 있던 노부인이 가방에서 레이스 달린 손수건을 내밀면서 고통스럽게 기침과 눈물을 쏟아 내는 여자에게 말했다.

"실컷 울어요. 하나님의 사랑은 그렇게 크신 거라우."

여자가 노부인의 손수건에 힘차게 코를 풀었다. 밭은기침은 쉽게 멈추지 않았다. 노부인의 쪼글쪼글한 손이 또다시 여자의 다리 위로 건너왔으나 이번에는 넙데데한 허벅지를 등짝 쓰다듬듯 어루만질 뿐 포갠 다리를 밀어 떨어뜨리지는 않았다. 여자가 노부인을 바라보았다. 노부인이 여자의 귀에 대고 작게 속삭였다.

"이제 걱정할 것 없어요. 천국에 갈 수 있는 입장권이 생겼는데 뭐가 걱정이람. 전지전능하신 하나님이 다 알아서 해주시는데……."

노부인의 손이 따뜻하다고 여자는 생각했다. 작고 마른 그 손이 그렇게 크고 포근할 수 없었다. 조금씩 기침이 잦아들었고 찔끔찔끔 맺히는 눈물을 연거푸 손수건으로 찍어 냈다. 찍어 내고 찍어 내도 자꾸 눈물이 고였다. 계속 고이더니 드디어 줄기가 되어 흘렀다. 여자는 오래 기다려 온 기회를 놓치지 않았다. 막혔던 코가 뻥 뚫린 것처럼 눈시울이 시원했다. 주변에 앉아 있던 교인들이 여자를 흥미롭게 지켜보고 있었지만 여자는 개의치 않았다. 강단에서 대머리 남자가 사람들을 울리려고 애쓰고 있었고 누구나 마음대로 울어도 되는 분위기였으므로. 이따금 노부인의 손수건에 코를 풀어 가며 여자는 양껏 울어 버렸다.

"오늘 밤, 길을 잃고 헤매던 어린 양이 돌아왔습니다. 성령이 임하신 가운데 한 생명이 하나님을 만난 은혜로운 밤입니다. 최 권사님 옆자리에 앉으신 자매를 위해 다 같이 기도합시다."

집회 말미에 목사가 여자를 일으켜 세운 후 교인들에게 통성기도를 시켰을 때도 여자는 울고 있었다. 길 잃은 양이 너무 불쌍해서였다. 로비에서 만났던 남자 집사가 다소 떨떠름한 표정으로 교인 등록 용지를 들이밀 때도 여자는 울면서 집주소와 전화번호를 적었다. 자고로 '남녀가 발맞춤' 해야 하는 건데…… 여자들은 다 어디로 가고 혼자서 동동거리는지, 남자가 쓸쓸해 보였기 때문이다. 오피스텔 앞에서 은희가 손바닥으로 등짝을 갈기며, 내가 오늘 너 때매 쪽 팔려 죽을 뻔했다, 할 때도 울고 있었다. 아, 고만 좀 울어! 울지 말라는 말에 더 크게 울었다. 집에 돌아와 잎사귀가 열 개밖에 남지 않은 고욤나무와 맞닥뜨리고 나서는 퍼더버리고 앉아 대성통곡을 하였다. 울기 위해 언제 끙끙댔나 싶게 한번 터진 울음은 좀체 멈춰지지 않았다. 심지어 자면서도 흑흑댔다.

이틀 후 여자가 창가에 서서 '남녀가발맞춤'을 내려다보며 울고 있는데 은희가 전화를 걸어왔다. 최 권사님이 돌아가셨다는 것이다. 아, 이년아. 엊그제 교회에서 너한테 손수건 빌려 준 양반. 기억 안 나? 교인들이 모여서 입관예배에 가기로 했어. 얼른 옷 갈아입고 집 앞에 나와 있어.

아무리 천국이 좋아도 그렇지, 당겨서 갈 필요까지는 없었을 것 같은데……. 여자는 노부인이 보기보다 성질이 무척 급한 사람이었나 보다고 생각했다. 교회에서 돌아온 복장 그대로 이틀을 보냈으므로 따로 옷을 갈아입을 필요는 없었다. 뒤져 봤자 어차피 맞는 옷도 없었다. 오피스텔 앞에서 택시에 들어앉은 은희가 도끼눈을 뜨고 아래위로 여자를 훑어보더니 여자가 눈물을 줄줄 흘리고 있자 뭐라 타박도 하지 못한 채 차에 태웠다. 장례식장까지 가는 택시 안에서 여자는 말없이 울기만 했다.

노부인의 장례식장 안은 이미 수많은 사람들로 북적이고

있었다. '며칠 후~ 며칠 후~ 요단강 건너가 만나리~' 축축 늘
어지는 찬송가가 끝도 없이 이어졌다. 여러 가지 냄새가 뒤섞
인 실내에서 여자는 눈물과 함께 군침을 함께 흘렸다. 만수향
타는 냄새와 국화꽃 향기, 사람들이 뿜어내는 땀 냄새, 발 냄
새 속에서 구수한 국밥 냄새를 용케 가려낸 것이었다. 상청에
서 비교적 뒤쪽에 앉아 있던 여자가 슬그머니 일어나 옆에 붙
은 식당으로 들어갔다. 편육이며 절편 따위가 차려진 밥상 앞
에 앉자 위생복을 입은 아주머니가 플라스틱 그릇에 쌀밥과
육개장을 담아 내주었다. 우느라고 이틀 동안 굶은 여자는 밥
다운 밥을 앞에 두고 또다시 엉엉 소리까지 내가며 울었다. 독
상을 받고 국밥에 눈물, 콧물을 빠뜨려 가며 허겁지겁 숟가락
질을 하는 여자를 문상객들이 진기한 물건 보듯 흘깃거렸다.
칙칙한 색 일색인 식당 안에서 초록색 스웨터에 장미 달린 청
바지는 단연코 튀는 옷이었고, 그것을 두고 쑥덕거리는 이들
도 있었다.
　"누구지? 며느님인가?"
　"에이, 메누리가 저러고 섧게 울라고? 딸이겠지."
　"아냐. 권사님은 아들만 둘인데? 소복도 안 입은 거 봉게, 큰
아들네가 미국 가 산다드니 공항서 바로 왔는가벼. 며느리겠네."

"큰며느리는 애들 학교 때매 못 온다 그랬고. 경수만 비행기 타고 오는 중이라던데……. 경호 처는 내가 얼굴을 알고……."

"그럼 누군가?"

국밥을 푹푹 떠먹고 국물까지 남김없이 다 마신 여자가 울면서 쟁반을 나르기 시작했다. 그 누구도 말리는 사람은 없었다. 그냥 놔두라는 말을 하려던 위생복 아주머니조차 여자의 표정을 보고는 엄두를 내지 못했다. 입관예배를 마친 은희는 짐짓 외로 꼬고 앉아 다른 교인들과 수다를 떨며 음식을 먹을 뿐 여자를 모른 체했다. 이따금 무릎을 꺾고 주저앉아 흑흑 울어 가면서 일을 하는 여자를 본 사람들은 영정 사진을 마주한 것 이상으로 가슴아파했다.

여자에게 택배가 왔다. 아래위 흰색인 한복과 아래위 검정색인 한복. 새 옷이 두 벌 생긴 것이었다. 입어 보지는 않았지만 넉넉해 뵈는 사이즈가 작을 것 같지는 않았다. 사실 상자가 배달되기 전에 먼저 온 것은 한 통의 전화였다. 교양 있는 말투의 목소리는 장례식장에서 일을 해보지 않겠느냐고 물었다. 전화선 너머 목소리가 왠지 낯설지 않았다.

"식장 한곳에서 붙박이 직원으로 일하는 것은 아닙니다. 말하자면 별정직인 셈인데요……. 장례식 일인 만큼 언제 일감이 생길지는 장담할 수 없습니다."

밤 시간이나 때로는 새벽 시간에도 나올 수 있어야 한다고 목소리가 말했다. 대신 보수는 섭섭지 않게 주겠노라는 말도 덧붙였다. 아마도 장례식장에서 쟁반을 나르는 일일 것이라 여자는 추측했다. 전화를 받는 내내 여자는 낮은 음성으로 흐느꼈다. 그는 여자에게 집주소를 묻지도 않고 바로 유니폼을 보내 주겠다고 말한 후 전화를 끊었다.

택배상자 안에는 흰 고무신 한 켤레와 앙증맞은 액세서리도 몇 개 비닐에 담겨 있었다. 실핀에 하얀 리본이 달려 있는 단순한 디자인이 여자는 마음에 들었다. 머리에 꽂아 보니 귀여운 나비가 참기름을 뒤집어쓴 기장 미역 위에 살포시 내려앉은 듯 보였다. 머릿기름으로 떡이 된 파마머리 때문에 흰 천이 더러워질 것 같아서 여자는 목욕을 하기로 마음먹었다. 바지를 벗자 오랫동안 햇빛을 보지 못한 여자의 다리에서 허연 살비듬이 떨어졌다. 두 달 만이었다.

거울 좀 봐라, 집에 거울 없니? 이혼 직전 남편이 제일 많이 한 말이었다. 거울 속에서 뚱뚱한 아줌마 하나가 여자를 바라보았다. 두툼한 목덜미 아래 부풀어 오른 밀가루 반죽처럼 살

집이 겹겹이 흘러내렸다. 뚱뚱해져서 남편이 떠난 것인지 남편이 떠나서 뚱뚱해진 것인지 여자는 알 수 없었다. 아무려나 인스턴트식품만으로도 비만은 넉넉히 유지되었다. 체중계에 오를 일은 없지만 아이의 전화가 눈에 띄게 줄어든 이후 부쩍 무릎 관절이 아픈 게 모르긴 해도 몸무게가 몇 킬로그램 늘었을 거라고 여자는 생각했다. 수술한 쌍꺼풀 한쪽이 풀려 가고 있었다. 학습지 선생을 하면서 운전을 오래한 탓에 왼쪽 뺨 기미가 유난히 짙었다.

네가 먼저 애를 버린 거야. 앞으로 세현이 볼 생각하지 마. 이혼 판결을 받던 날, 악의로 가득 찬 남편이 법원 앞에서 씹어 뱉은 말이었다. 애한테 한 번만 더 전화해 봐. 바로 큰집으로 유학 보내 버릴 거야. 여자가 아이에게 몰래 사준 휴대전화를 발견한 남편이 그 전화기로 전화를 걸어와 못을 박았던 것이다.

샤워를 마치고 나온 여자가 김 서린 휴대전화를 마른 수건으로 꼼꼼히 닦아 식탁 위에 올려 두었다. 그 수건으로 짧은 머리칼을 털기 시작했다. 짧은 파마 머리카락이 우수수 떨어졌다. 새 옷을 걸쳐 보았다. 미리 입어 보고 산 것처럼 몸에 잘 맞았다. 누군가 최 권사의 장례식장에서 여자를 눈여겨본 모양이었다. 하얀 나비 머리핀도 머리에 꽂았다. 신발장에 달린 거울 앞에서 눈물이 그렁그렁한 눈으로 앞뒤 맵시를 비춰 본 여자는 형광 빛이 도는 소복이 꽤 잘 어울린다고 생각했다. 눈물이 고여 자신의 모습이 선명하게 보이지 않는 게 더욱 마음에 들었다. 식탁 위에 있던 휴대전화기가 울렸다. 목소리였다.

"보내 드린 옷은 잘 받으셨습니까? 이 일이 이렇습니다. 죽음은 누구에게나 느닷없지요. 준비하시고 나서 바로 택시를 타세요. 가능한 빨리 도착하시는 게 좋으니까요. 물론 교통비는 따로 지급해 드립니다."

일찍 일어나 출근 준비를 하고 있었던 것처럼 소복으로 갈아입고 난 후였다. 택시에 올라 목소리가 일러 준 대학병원 장례식장 이름을 대고 여자는 뒷좌석에 몸을 묻고 울기 시작했다. 룸미러를 통해 여자를 흘끔 본 기사가 물고 있던 담배를 창밖으로 내던지더니 목적지에 다다를 때까지 입을 꾹 다문 채 속도를 냈다.

장례식장 입구에서 여자를 기다린 사람은 박 집사였다. 교회에서 보았던 환영합니다, 리본은 걸치고 있지 않았다. 목소리가 왠지 낯익다 했더니……. 눈물이 그렁그렁한 눈으로 여자가 목례를 했다. 오늘도 혼자 안내를 하시네요. 식당이 어디죠?

서금희 씨가 일하실 장소는 식당이 아닙니다. 따라오세요.

　으리으리한 대리석이 깔린 대학병원 부속 장례식장은 사람들로 몹시 붐볐다. 사람들이 드나들 때마다 바깥 흡연구역에서 담배연기가 흘러들어 왔다. 일층 벽면에 망자와 상주 이름이 적힌 거대한 전광판이 정신없이 깜빡였다.

　박 집사는 지하로 내려가는 에스컬레이터를 타고 빠른 걸음으로 앞장섰다. 105호 앞 복도에 유명한 정치인부터 대기업 회장의 이름까지 알 만한 사람들이 보내 온 화환이 즐비했다. 단정하게 머리를 틀어 올린 할머니가 손자에게 국화꽃 한 송이를 뽑아 주었다. 아이는 할머니에게서 받은 국화꽃을 함부로 휘둘렀다. 할머니 치마폭을 때린 흰 꽃잎들이 복도에 어지럽게 흩어졌다. 박 집사가 안내한 곳은 뜻밖에도 상청이었다.

　"아무것도 하실 필요가 없습니다. 그냥 울어 주세요. 다만 꼭 필요한 말이 아니고는 문상객이나 상주들과 이야기를 나누면 안 됩니다. 눈물이 안 나오거나 울다가 너무 힘드시면 옆에 있는 상주 휴게실에서 잠깐 눈을 붙여도 됩니다. 사례비는 이틀 후 발인이 끝나면 드리도록 하겠습니다. 그럼 잘 부탁드립니다."

　여자가 금방이라도 떨어질 것 같은 눈물을 그렁그렁 매단 채 상청으로 들어섰다. 조문하러 대기한 사람이 상당히 많았음에도 의외로 조용했다. 소리 내어 슬피 우는 사람도, 떠들썩하게 화투를 치는 사람도 보이지 않았다. 여자 상주들은 모두 세련된 검은 양장에 검은색 카디건을 덧입고 앉아 있었다. 그 누구의 눈도 부어 있지 않았다. 여자가 신발을 벗자, 긴 손잡이가 달린 집게로 신발 정리를 하던 검은 양복 남자가 고개를 갸우뚱했다. 여자가 한쪽은 단화, 한쪽은 운동화를 신고 온 탓이었다. 여자는 넋이 나간 표정으로 박 집사가 가리킨 구석으로 가 앉았다. 영정 사진 속에서 턱 살이 심술 사납게 늘어진 할아버지가 어색하게 입꼬리를 올리고 있었다. 이 나이에 내가 더 바랄 게 뭐 있어요. 말은 그리 하면서도 내심 무언가 못마땅한 게 있는 표정이었다. 검버섯으로 뒤덮인 얼굴에 눈께가 두드러지게 어두워서 어찌 보면 너구리 같았다.

굳이 슬픈 생각을 하려고 애쓰거나 인공누액 따위가 필요하지 않았다. 한번 눈물이 터지자 여자에게 우는 것만큼 쉬운 일이 없었다. 조문객들은 한쪽 다리를 세우고 앉아 줄줄 눈물을 흘리는 여자를 망자의 친척 중 한 사람이라 여기는 듯했다. 미리 얘기가 돼 있었는지 여자에게 말을 거는 유가족도 없었다.

'자넨 뭔가? 우리가 전에 만난 적이 있던가?'

울고 있는 여자에게 영정 속에서 웃는 것도 찡그린 것도 아닌 표정으로 너구리 영감이 말을 걸어왔다. 지글거리는 라디오 앞에서 주파수를 맞추는 애청자처럼 여자는 너구리 영감의 이야기에 귀를 기울였다.

'누구더라? 내 세컨드들은 하나같이 날씬한데……. 윗마을 살던 현자 딸내민가?'

'아니에요. 저도 영감님을 오늘 처음 봐요. 아르바이트하러 왔어요.'

'일하러 왔다? 일하러 온 애가 일은 안 하고 거기 앉아서 뭐 하는 거야? 옷은 또 그게 뭐고? 자네, 오늘 세수 안 했나? 얼굴이 왜 그리 드러워? 여자는 자고로 화장도 좀 하고 이쁘게 꾸미고 다녀야 되는 거야.'

'아이, 영감님은…… 제가 뭐, 영감님이랑 섹스하러 온 줄 아세요? 그래도 오늘 샤워는 하고 왔다구요. 택시에서부터 울어서 그래요. 여기서 우는 게 오늘 제가 할 일이에요.'

'흠, 그런가? 그런 일을 한다는 사람은 처음 보는군. 하긴 나도 처음 죽어 봐놔서…….'

'영감님 세컨드들은 다 어디 있어요? 할머니는 돌아가셨나요?'

'개네들? 하마 다 시집들 갔지. 한 밑천 쥐어 주고 좋은 놈 짝지어서들 보냈어, 내가. 마누라쟁이는 아마도 안 오지 싶어.

내가 하도 바람을 피니까 할망구가 화병이 생겼지. 심장이 안 좋다 그러는데도 모르는 척했네. 생각해 보면 망구한테 제일 미안해.'

여자는 하릴없이 남편을 떠올렸다. 영정 속 망자가 인상처럼 심술궂은 사람은 아니었을 것 같다고 여자는 생각했다. 너구리 영감이 좋은 사람일지도 모른다는 생각이 들자 그가 죽고 난 다음에 처음 만나게 되었다는 게 왠지 애석했다.

조근조근 너구리 영감의 사연을 들어가며 여자는 마음 놓고 울었다. 여자가 하도 서럽게 우니 문상객들 중에서도 따라 우는 이가 있었다. 진이 빠지도록 열심히 운 탓에 허기가 진 여자가 식당에 갔다. 상복을 제대로 갖춰 입어서 그런지 여자를 대하는 사람들의 태도가 퍽 조심스러웠다. 상갓집 음식이 참 맛있다는 생각을 하면서 여자가 국밥을 먹었다. 일터에서 벗어난 기분이 들어 서둘러 음식을 우겨 넣었다.

아까 앉았던 제일 구석진 자리에 가 앉으려는데 검은색 롱 스커트에 검은색 스웨터를 입은 할머니 한 사람이 여자에게 달려들었다.

"야, 이년아. 네 년이 감히 여기가 어디라고 와, 오길! 이놈에 영감탱이, 살아생전에도 평생 기집질로 사람 속을 홀딱 뒤집드

니만, 죽어서도 나한테 젊은 년 치다꺼리하게 만드는 거 봐아.”

할머니의 습격을 받은 여자가 뒤로 벌렁 나자빠지면서 벽에 머리를 찧었다. 앙상한 노인의 몸 어느 구석에 그런 힘이 도사리고 있었는지 기운이 대단했다. 여자의 배 위에 올라탄 할머니가 연거푸 이 빌어먹을 년아, 썩을 년아, 욕을 해대면서 여자의 파마머리를 꺼들었다. 푸석거리는 머리칼이 뭉텅이로 뽑혀 나갔다. 익숙한 솜씨였다.

할머니의 패악에 한순간에 상청이 난장판이 되고 말았다. 시퍼런 서슬에 기가 질려 감히 할머니를 말리는 사람이 없었다. 영정사진이 깨지고 헌화용으로 놓아둔 국화꽃이 마룻바닥에 흩어졌다. 난분분 흩어진 꽃잎을 밟고 선 할머니가 분이 안 풀리는지 가슴께를 부여잡고 씩씩대더니 향로를 집어 들었다. 쌀과 재가 쏟아졌다. 타다 만 향이 바닥에서 가느다란 연기를 피워 올렸다. 여자를 향해 놋쇠 향로를 치켜든 할머니를 맏상제가 붙잡았다.

“어머니, 어머니, 안 됩니다. 이분은 아버지와 일면식도 없는 분이라고요!”

맏상제가 자신의 외침을 믿을 수 없다는 듯 손바닥으로 입을 가렸다. 그 무슨 개떡 같은 소리냐는 표정으로 할머니가 바

닥에 나동그라진 채 울고 있는 여자와 맏아들을 번갈아 바라
보았다.

상주 휴게실에서 여자와 마주한 할머니가 혀 밑에 조그만
알약을 밀어 넣으며 여자에게 말했다.

"이게 다이나마이트라나 다이마이싱이라나, 하여튼 폭탄
만드는 약이래여. 걸레 짜드끼 심장이 꽉 쪼이는데 신기허게
도 이 폭탄약을 먹으면 쪼매 낫아."

피부며 머리카락은 나이보다 훨씬 늙어 보이는데 발음과
목소리는 분명하고 카랑카랑했다.

"그래, 자네 여기 우리 애덜 대신에 울러 왔다지? 내가 참
그 애덜을 낳고 미역국을 먹었다는 게……. 저것덜은 형제지
간에 자기 손님 부의금 빼돌리기허까 봐 눈에 불을 키고 지키
는 중이여. 그거 지키니라고 울 짬이 없는 거여."

의외로 할머니는 너구리 영감에게 여전한 애정을 갖고 있
는 듯 보였다. 여자는 그런 할머니가 가여워서 닭똥 같은 눈물
을 뚝뚝 흘렸다.

"즈그 아부지 유산 갖구두 미리부터 월매나 지랄덜을 하구
싸우든지……."

깎다 만 사과처럼 할머니의 말이 무뜩 끊겼다. 고개를 숙

인 채 할머니 이야기를 듣고 있던 여자가 글썽이는 눈으로 할머니를 바라보니 할머니의 자글거리는 얼굴 주름 사이사이로 물기가 자우룩했다. 할머니가 살그머니 여자의 통통한 손을 부여잡았다.

"암만 해도 자네, 내 장례식 때도 와줘야 헐 모냥이네. 이렇게 미리 만나서 다행이야."

단 한 번만 갈 수 있는 차비를 움켜쥔 손아귀처럼 여자의 입에 힘이 들어갔다. 좀체 무슨 말을 해야 하는 것인지 알 수 없었다.

상가에서 며칠 만에 집으로 돌아온 여자는 비 맞은 빨래처럼 축 늘어지고 말았다. 안 그래도 반쯤 풀려 가던 쌍꺼풀이 붓기에 묻혀 버리고 말았다. 발인이 끝나고 여자가 받은 사례비는 상당한 금액이었다. 하지만 할머니로부터 받은 수표에 비하면 아무것도 아니었다. 아, 받으래잖여! 예약금이라 생각하고 받아 둬. 할머니는 역정까지 내가며 통통 부어 제대로 주먹이 쥐어지지 않는 여자의 손에 꼬깃꼬깃한 봉투를 쥐어 주었던 것이다.

고욤나무가 부옇고 건조한 오피스텔 창가를 지키고 있었다.

우리 고욤이, 심심했겠다.

쉴 기운조차 남아 있지 않았지만 여자는 떨어진 나뭇잎이 얼마나 되는지 보려고 화분 가까이로 다가갔다. 다행이 낙엽이 하나도 보이지 않았다. 잠시 후 여자의 입에서 가느다란 탄성이 터져 나왔다. 고욤나무는 창을 바라본 쪽으로 수줍은 듯 무언가를 숨기고 있었다. 떨켜 부분에 노랗고 앙증맞은 꽃 한 송이를 피워 놓은 것이었다. 뭐에 홀리기라도 한 것처럼 여자가 휴대전화 단축번호 1번을 길게 눌렀다.

"거짓말 마. 아빠가 그러는데 엄마는 날 안 보고 싶어 한댔어. 인터넷 다 찾아봤어. 엄마가 나 보러 와도 된다고 법에 다 나온대. 근데 엄만 한 번도 안 왔잖아."

"아냐, 아냐! 우리 세현이, 엄마가 미안해. 응. 알았어. 당장 보러 갈게."

전화를 끊고 나자 순식간에 안개가 걷힌 듯 몸과 마음이 개운해졌다. 여자는 이제 더 이상 울 필요가 없다는 사실을 깨달았다. 여자의 풀어져 가는 쌍꺼풀이 반달 모양을 그리며 웃었다. 그 아래로 한 줄기 눈물이 맑게 흘렀다. 때마침 여자의 휴대전화 문자 수신음이 들려왔다.

— 예송장례식장 귀래실 신속도착 바람.

겨울유원지

아침부터 찌무룩하던 하늘이 낮게 내려앉았다. 차창을 내리고 담배를 피워 문 원재가 잔뜩 흐린 하늘을 흘낏 올려보았다. 거대한 진공청소기가 돌아가듯 손가락 두 마디만큼 열린 창틈으로 담배연기가 바깥으로 빨려 나갔다. 2차선 도로 한쪽에 도로 포장용 골재를 실은 덤프트럭 한 대가 서 있었다. 늦가을부터 시작된 공사는 느리게 진행되다 유원지 입구에서 불과 300미터도 못 간 지점에서 중지되었다.

유원지로 접어드는 진입로는 큰길에서 잘 보이지 않았다. ○○유원지라고 쓰인 팻말을 끼고 급경사 진 길로 올라타서 도로 공사 본부와 면한 구불구불한 비포장 흙길을 한참 달려야 한다. 도로 위에 연탄재가 어지럽게 부서져 있었다. 이틀

전 내린 눈과 연탄재가 섞여 지저분해 보이긴 해도 덕분에 길이 미끄럽지는 않다. 원재는 얼음이 얇게 언 갓길 쪽으로 차가 기울어지지 않도록 주의해 가면서 운전을 했다. 길에 깔린 잔돌을 튀기며 자동차가 서서히 유원지 안으로 들어섰다. 유원지는 겨울잠에 빠져 있는 듯 인적이 드물었다. 느닷없는 자동차 소리에 놀란 꿩 한 마리가 푸드덕거리며 차창 앞을 가로질러 날아갔다. 사위는 고요했다.

유원지 제일 안쪽에 '사계절 오리탕'이라고 써 붙인 입간판 앞에 차가 멈춰 섰다. 붉은 아크릴 입간판은 돌덩이로 아랫부분을 고정해 놨으나 금세 쓰러질 듯 삐뚜름했다. 원재는 식당 입구에 김 사무장의 자동차가 주차돼 있는 것을 확인한 후, 외투 주머니에 손을 찔러 넣었다. 주차장에는 김 사무장의 차 말고도 1톤 트럭 한 대와 자가용 몇 대가 더 있었다. 유원지 식당들은 계절을 타는 장사인 탓에 겨울철엔 으레 개점휴업인 경우가 많았으나 몇몇 집은 '특별한' 장사로 때 아닌 대목을 누리기도 하는 것이다.

오리탕집 마당에 나일론 차일이 시무룩하게 늘어져 있었다. 그 아래 평상이 너덧 개, 먼지를 뒤집어쓴 채 포개져 있는 것이 보였다. 쇠락해 보이나마 이곳이 유원지의 식당임을 말

해주는 듯했다. 이따금 슬레이트 지붕에서 기스락 물을 흘리던 고드름이 툭툭 소리를 내며 떨어졌다. 양달 쪽으로는 햇살을 이기지 못한 눈이 녹아 감은 바닥이 드러났다. 비루먹은 개 한 마리가 다가와 원재의 바지자락에 달라붙어 냄새를 맡다가 흥미가 없는지 이내 집 뒤편으로 달아나 버렸다. 계십니까? 노크를 하는 그의 손에 알루미늄 특유의 기분 나쁜 냉기가 느껴졌다. 은색 새시 문에는 검정 선팅지를 바른 간유리가 끼워져 있었다.

원재가 헛기침을 해가며 집 안으로 들어갔다. 어둑한 실내에 눈이 익숙해질 때까지 현관 앞에서 발을 굴러 가며 구두에 묻은 눈을 털었다. 문간에는 분홍색 플라스틱 슬리퍼와 나일론 털신 그리고 남자 구두 여러 켤레가 어지러이 널려 있었다. 인기척이 없는 마당처럼 집 안도 깊은 침묵 속에 잠겨 있었다. 얼마간 서 있으려니 가재도구들이 눈에 들어왔다. 실내는 협소했고, 살림살이들은 음식점답지 않았다. 마루에 나앉은 밤색 장롱이며 싱크대가 한눈에도 무척 낡아 보였다.

"계십니까? 계세요? 김 사무장님 심부름 왔습니다."

조금 더 큰 목소리로 주인을 부르자 방문이 열리며 턱이 조붓한 중늙은이 남자가 얼굴만 내밀었다. 그는 잠기가 채 떨어지지 않은 눈을 순하게 끔벅이며 낯선 손님을 말없이 바라보았다. 원재는 김 사무장이 불러서 심부름 왔다는 식으로 다시 한 번 말했다. 김 사무장이 이런 음식점을 찾은 이유야 빤한 마당에 괜히 단속 나온 경찰로 오해받아서 좋을 것 없다고 원재는 생각했다. 김 사무장은 겨울 들어 사무실에서 말없이 사라지는 일이 부쩍 잦아졌다. 덕분에 변호사와 사무장 사이를 오가는 일까지 원재가 떠맡게 되었고, 서너 차례 ○○유원지를 훑고 난 후에는 사무장이 있을 만한 식당들을 훤히 꿰게끔 되었다.

방문 고리를 잡고 있던 남자의 손이 천천히 무릎으로 옮겨가는가 싶더니 방문이 활짝 열렸다. 그러자 검정색 가죽점퍼를 입은 상체가 드러났다. 마르고 푸석해 보이는 얼굴과 달리 남자의 체격은 의외로 장대했다. 방 안에서 외투를 입고 있는 남자의 모습을 보고 비로소 원재는 집 안에 온기라곤 없다는 사실을 깨달았다. 신발을 벗지도 않은 채 엉거주춤 서 있는 원재를 향해 남자가 왜 그러고 섰느냐, 나무라듯 일어섰다.

좁은 마루를 지나 남자를 따라 들어선 방 안에는 스무 살쯤 먹었을 여자가 비대한 어깨를 잔뜩 구부린 채 베개를 안고서 TV를 보고 있었다. 마주 보이는 벽면에 벽지를 바른 문이 두 개 더 있었다. 내실인 모양이었다. 남자는 그중 하나의 방문을 가리켰다. 뒷산에 면해 있는 작은 창문 하나뿐이어서 안쪽 방은 퍽 컴컴했다. 방 한가운데 휴대용 버너가 놓여 있는 상이 세 개 나란히 붙어 있고, 한쪽 벽에서 가느다란 금실 같은 빛이 허약하게 새어 나오고 있었다. 주저하지 않고 빛이 새나오는 벽을 향해 걸어갔다. 그 방에, 수시로 자기 자리를 비우는 김 사무장이 능청스레 앉았을 것이었다. 괜스레 마음이 급해진 원재가 상 모서리에 정강이를 부딪쳤다.

한 손으로 다리를 감싸고 방문을 여는 순간, 원재의 안경에 뿌연 김이 서렸다. 얼른 안경을 닦아 되썼지만 방 안은 여전히 뿌옇게 보였다. 파리한 형광등 아래 담배 연기가 자욱했다. 방 한가운데 당구대용 초록색 천이 깔려 있는 탁자를 사이에 두고 사람들이 둘러앉아 있었다. 탁자 위에 만 원짜리 지폐가 수북이 쌓여 있는 것이 얼른 눈에 들어왔다. 누런 장판이 깔린 방바닥은 미지근했으나 가스난로가 뿜어 대는 열기와 담배 냄새, 땀내, 그리고 버너 위에서 끓고 있는 오리탕이 풍기는 누린내로 방 안 공기는 끈적거렸다. 끈끈한 열기 속에 앉아 있는 대여섯 명의 사내들 틈에 김 사무장의 두툼한 목덜미가 보였다. 그는 누가 들어오거나 말거나 손에 든 카드 패에 코를 박고 있느라 돌아볼 생각도 하지 않았다. 경계의 눈빛으로 쳐다보는 것은 나머지 사람들이었다. 그중 한둘은 낯이 익었다.

"사무장니임……."

마침 레이스가 한창이었으므로 원재는 조심스럽게 김 사무장의 어깨를 건드리며 말했다. 그제야 김 사무장이 두툼한 목덜미에 주름을 잡으며 게으르게 돌아보았다. 넓게 퍼진 콧방울에 기름기가 번들거렸고 M자로 벗어지기 시작한 이마에 깊은 주름이 그어졌다. 삐딱하게 담배를 씹어 문 사무장의 검푸른 입술이 조금 벌어졌다. 필터 끝까지 타들어가던 담배에서 길게 구부러진 재가 스웨터 위로 떨어졌다. 한 손에 돈 다발을 들고 한 손으로 패를 쥐느라 담뱃재 털 손이 없었던 것이다. 벌겋게 충혈이 된 사무장의 눈이 매운 담배 연기에 찌푸려졌다. 누가 됐든 성가셔 죽겠다는 표정이 역력했다. 아, 바둑 둬? 사무장 건너편에서 지청구가 떨어지기 무섭게, 콜이여, 다이여? 재촉하는 소리가 연이어 들렸다.

"뭔 노무 패가 이러냐아?"

김 사무장이 자기 앞에 깔려 있던 트럼프를 엎으며 자신의 끗발 안 서는 게 다 네 탓이라는 듯 원재를 무섭게 노려보았다. 그 서슬에 원재가 주춤 물러섰다. 사무장은 궁둥이로 지그시

200

누르고 있던 서류봉투를 원재의 발 쪽으로 건성 밀어 놓았다.

건네받은 서류봉투를 겨드랑이에 끼고 마당으로 나선 원재가 가래침을 훑어 올렸다. 점액질의 가래를 사무장의 자가용 쪽으로 길게 뱉었다. 자동차 문에 열쇠를 꽂으며 고개를 갸웃했다. 한참 일할 시간에 한적한 유원지에 모여 있는 남자들이 아무리 봐도 신기했던 것이다. 초록색 상 위에 쌓여 있던 푸릇한 지폐 더미도 머릿속에서 떠나지 않았다. 그의 발밑에서 녹았다 얼어붙은 눈이 버석 소리를 내며 부서졌다. 정오의 햇살이 핥고 지나간 곳에선 어김없이 눈석임이 시작되고 있었다.

변호사 사무실에 서류를 가져다주고 원재는 가까운 은행을 찾았다. 365일 자동화기기에 김 사무장의 현금카드를 밀어 넣었다. 비밀번호를 입력하……. 기계음을 무시하고 얼른 6인치짜리 화면 위에 손가락을 얹었다. 원재의 입에서 가느다란 한숨이 삐져나왔다. 총알 떨어졌다, 은행 좀 갔다 와라. 숫제 명령조로 말하는 김 사무장에게 그저 네네, 할 수밖에 없는 자신의 처지가 한심스러웠다.

군대에서 전역을 하고 나서 원재는 복학 전에 등록금이나 벌 요량으로 변호사 사무실에서 일을 하고 있었다. 청소와 잔심부름이 고작이었지만 소장의 눈에 들어, 아예 눌러앉으라는 소리를 곧잘 들었다. 일과 시간에 사우나나 노름방에 가 앉아 있는 사무장의 이런저런 심부름을 하는 것도 그의 일 중 하나였다. 농담도 여러 번 들으니 진담 같아서 잘하면 정식 직원으로 채용될 수 있겠다는 계산이 섰다. 나쁠 것 없었다. 김 사무장처럼 수완 좋은 직원이 될 수만 있다면 대학을 졸업해 취직도 못 한 채 빌빌거리는 것보다야 백 번 낫지 싶었다.

0579, 비밀번호를 입력하고 70만 원씩 세 번을 찾았다. 얇은 종이봉투에 카드와 현금을 챙겨 담고 잠시 동안 명세표를 들여다보았다. 쌍꺼풀 없는 원재의 눈이 조금 커졌다. 원재는 봉투에 명세표 세 장을 추려 담아 코트 안주머니에 집어넣었다.

오리탕집 현관에 들어서면서 노크 없이 알루미늄 손잡이를 돌렸다. 아까 방 안에서 TV를 보고 있던 여자가 현관 옆에 붙은 싱크대에서 시들어빠진 파를 다듬고 있었다. 앞을 여미지 않은 누런 카디건 아래 핑크팬더가 그려진 티셔츠가 보였다. 카디건은 심하게 보풀이 져 있었다. 그녀와 눈이 마주친 원재는 가볍게 고개를 숙였다. 여자는 몸을 완전히 돌리지도, 목례를 하지도 않은 채 그를 뻔히 쳐다보기만 했다. 무뚝뚝한 여자군, 원재는 신발을 벗고 방으로 들어서면서 조금 민망한 기분을 느꼈다. 붉은 목단 무늬의 털 담요를 덮고 주인 남자가 벽쪽으로 비스듬히 누워 있었다. 잠이 들었는지 움직임이 없었다.

곁방으로 들어가자 이전과 달리 사무장이 반색을 했다. 역시 방 안은 담배 연기로 질식할 지경이었다. 기름때에 전 환풍기가 심한 소음을 내며 열심히 돌아갔지만 환기를 시키기엔 역부족인 듯했다. 환풍기 아래쪽은 비가 새들어 온 흔적이 마스카라 번진 여자의 눈물 자국처럼 지저분하게 얼룩져 있었다. 벽지는 안 그래도 니코틴에 누렇게 찌들어 원래 색깔을 식별할 수 없을 정도였다. 원재는 천식이나 폐암 인자가 공기 속에 가득 차 있다는 객쩍은 생각을 했다. 코트 안주머니에서 돈봉투를 꺼내 사무장에게 내밀었다. 돈과 카드만 챙긴 사무장이 명세표는 볼 생각도 하지 않은 채 봉투째 구겨 버렸다. 원재가 나간 사이 꾼 모양인지 3분의 1 정도 돈을 덜어 옆 사람[1]에게 건네며, 더 찾아오랠 걸 그랬나? 혼잣소리를 했다.

---

1) 김홍철(38, 보안업체 과장): 도박을 시작하게 된 계기요? 그때가 스물이었나, 스물하나였나, 군대 가기 전이었으니까. 외근하면서 커피 한 잔 뽑아 놓고 멍 때리고 앉아 있는 시간이 꽤 긴 게 이 직업이거든요. 선배가 시간 깨는 법을 가르쳐 주겠다고 하는 겁니다. 저야 쌩큐죠. 순찰차 대시보드를 뒤적뒤적하더니 카드를 꺼내대요. 포카, 로하이, 홀라, 전부 그 선배한테 배운 겁니다. 막말로 시간 깨기에 이만 한 게 없기는 하대요. 당연히 그땐 짤짤이 수준이었죠. 하다 보니 뱃구레가 커지대요.

그러고는 탁자에 쌓여 있는 판돈에서 만 원 한 장을 집어 등 뒤의 원재에게 주었다.

"아뇨. 됐습니다, 사무장님."

"괜찮어, 받어. 밖에 저 애도 한 번 갔다 오면 만 원씩 챙겨. 그렇잖여? 누군 챙겨 주고 누군 군심부름만 시킬 순 없잖여? 워낙이 또 그려, 개평꾼 없는 판떼기는 없는 뱁이여. 놀다 보믄 돈 버는 건 죄다 이 집 식구들뿐이래니께."

사무장은 카드 판의 사내들에게 동의를 구하듯 좌중을 훑어보며 말했다. 마루에서 파를 다듬던 여자가 밑천이 떨어진 놀이패의 은행 심부름을 해주고 만 원씩 받아 챙기는 모양이었다. 차 없이 은행까지 걸어 내려가기엔 상당한 거리였다.

"그러게, 은화가 동동거리고 뛰어갔다 와두 이삼십 분은 족히 걸리는데 이 친구 시키면 빨라서 좋긴 하겠구만. 자네, 오늘 여기서 용돈이나 벌어 가지?"

사무장 건너편에 앉은 사람[2]이 선선히 동의를 했다. 원재는 파 다듬던 여자 이름이 은화인가 보다고 생각했다. 머쓱한 표정으로 돈을 받아 든 원재는 바지 뒷주머니에 꽂아 둔 지갑을 꺼냈다. 그때 쟁반 가득 종이컵을 받쳐 든 여자가 방으로 들어왔다. 커피였다. 그녀는 원재가 지갑에 만 원을 집어넣는 것을 곁눈질로 쳐다보았다. 점심은 뭐로 하실래요? 여자가 오리탕 찌꺼기로 더러워진 탁자를 행주질하며 누구에게랄 것 없이 물었다.

"은화야, 나, 라면 하나만 끓여 주라."

곱슬머리에 유난히 눈썹이 짙은 사내가 입꼬리를 말아 올리며 여자에게 말했다. 이미 패를 엎은 그의 시선이 상을 닦는 뒷모습, 여자의 푸짐한 엉덩이 부근에 집요하게 엉겼다. 12시 23분, 삐딱하게 걸린 벽시계를 바라보며 원재는 사무실로 돌아가서 점심을 먹을까, 잠시 고민했다. 소장 차를 몰고 나와 서둘러 돌아가야 했으나 시장기가 돌아 일어서기가 싫었다.

———

2)박관호(43, 주방가구 판매업): 한 방에 손 턴 경험요? 에휴, 많다 뿐입니까. 좀 오래된 얘긴데, 잊지 못할 판이 있기야 허지요. 한번은 삼봉으로 시작해서 깡스 잡나 했어요. 깡스요? 그건 원래 마작에서 쓰는 말인데 포카드를 난 그냥 그렇게 불러요. 하이튼, 내 앞에 와야 할 게 초구에 옆에 놈한테 가드라 이겁니다. 잡쳤다 싶었는데 못해도 집은 짓겠지 뭐, 그랬습니다. 워낙 손에 든 게 좋았으니까. 집이 뭐냐구요? 풀집이라 그러면 아실랑가요? 아니지 아니지, 거 풀하우스, 그걸 그냥 집이라구 그럽니다. 하이튼, 이상하게 그날은 그놈한테 계속 말렸습니다. 뭘 잡았는지 이놈이 마구 지르는데 총알이 모지란 상태라 엎을까 말까 하다가 어리버리 따라갔습니다. 히든에서 집이 지어지대요. 대번에 큰판이 됐지요. 근데 웬걸, 이놈이 사타째에 벌써 포카드를 잡은 거였습니다. 한마디로 좆 된 거죠. 그 판에 잃은 돈이 전세 늘려 갈 돈이었습니다. 한동안 집에 들어앉아 오관이나 떼면서 자중할라고 했는데 말이죠. 꾼들 핏줄 속이 개미굴이나 한가집니다. 필드 안 나가면 피가 스멀거려 뒈지겠는 걸 어쩝니까? 마약을 끊으면 딱 그렇다고들 하던데 아실랑가요?

저 치처럼 나도 라면이나 하나 끓여 달라고 할까, 생각하는데 마침 사무장이 입을 열었다. 여전히 카드 패에 눈을 박은 채였다. 은화야, 백반 되쟈? 이 친구, 백반 한 상 벌어지게 차려 줘 봐. 그녀가 나간 후 밥을 기다리면서 원재는 하릴없이 포커 판을 지켜보았다. 앞앞이 놓인 지폐가 한 사람당 족히 이삼백씩은 될 듯싶었다. 많이 딴 사람은 방석 아래 돈을 깔고 앉아 느긋한 표정이었다. 딜러는 이전 판에서 이긴 사람의 왼쪽 사람이 보았고, 판은 하프베팅이었다.

"아잇 씨부랄늠덜, 화토 짜구 치나?"

누군가의 외침이 카드 판을 덮쳤다. 오종종한 얼굴에 잔주름이 자글자글한 탁 사장이었다. 원재는 사무장 뒷자리에 앉아 번갈아 가며 두 사람의 카드 패를 지켜보고 있었으므로 그 소리가 자신에게 한 소리인가 싶어 뜨끔하여 뒤로 물러앉았다. 그러나 고함은 라면을 시켰던 남자와 그의 옆에 앉은 사내를 향한 소리였다. 아, 왜 서로 패를 보여 줘? 열이 올라 얼굴이 시뻘게진 탁 사장이 두 사람에게 당장 주먹이라도 쥐어지를 태세로 으르렁거렸다.

"생사람 잡네. 탁 사장, 누가 뭘 보여 줬다구 그래애? 니미, 나 진즉 죽은 거 안 봬?"

바투 자른 머리칼, 왼쪽 뺨에 긴 흉터가 있는 사내가 항의를 했다. 라면 옆에 앉은 사람은 한눈에 다혈질로 보였다. 하관이 빨아 안 그래도 옹졸해 보이는 인상이 흉터 때문에 한층 사나웠다. 탁 사장보다 적어도 열 살은 어릴 것 같은데 대뜸 반말이었다.

라면과 흉터는 사구째 카드를 받고 동시에 다이[3]를 부른 참이었다. 엎고 나서 보여 준 것인지, 엎기로 혼자만 작정하고 미처 다이를 부르지 않은 채 보여 준 것인지 애매한 상황이었다. 레이스[4]를 계속하고 싶은 다른 사람들이 진정을 시켜 보려 했으나, 탁 사장은 화가 누그러지지 않는 모양이었다. 그가 씩씩대며 원재에게 물었다.

"너는 봤지? 저 씨부랄늠덜이 짜구 치는 거."

못 본 거 같은데요. 원재가 재빨리 대답했다. 봤어도 부인해

---

3) 심현준(34, 무직 혹은 소설가 지망생): 다이는 게임에서의 기권을 의미해요. 서양에서는 폴드나 드롭이라 하지만 우리는 통상 다이(die)라고 부르죠. 직설적이고도 적확한 표현이 아닐 수 없어요. 제어드 피어싱의 《감각적 기호의 수사학》을 굳이 들먹이지 않더라도, 언어는 스스로 자라고 번식하는 동물이라고 생각해요. 게임의 기호는 더욱 다채로워서 온갖 전문용어가 돌연 발생했다 허망하게 사라지곤 하는데요. 도박판에서 언어가 변주되는 것을 보면 문학이 따로 없단 생각이 들어요. 아, 저요? 백수가 무슨 돈이 있어요. 그냥 가끔 경험 삼아 나와 보는 수준이에요. 그래도 구경만 할 수는 없으니까 가끔 아버지 카드를 몰래 들고 나오는데 잃지는 않아요.

야 하지만 원재로서는 정말이지 확실히 본 것이 아무것도 없었다. 같은데요, 는 또 뭐야? 탁 사장은 오종종한 얼굴을 잔뜩 우그러뜨린 채 원재를 을러댔다. 흥분한 그를 제지하고 나선 건 김 사무장이었다.

"아, 애가 뭔 잘못이 있다고 그랴. 우리 꼬마 겁 먹겄다. 서방질한 예펜네도, 오메 억울한 거, 지금 막 빤쓰 벗은 참인디요, 허면 끝나는 거여. 현장을 제대로 덮치든가 증거가 있든가 안 그럼 말짱 황인 거여. 인품 좋은 탁 사장이 참어야 쓰겄네."

변호사 사무실에서도 알아주는 입심답게 사무장이 눙치고 들자 탁 사장도 하는 수 없다고 생각했는지 세웠던 무릎을 꺾고 도로 주저앉았다. 그러나 두고 보자는 듯 두 눈을 칼처럼 치켜세웠다. 노름판에서 서로 조금씩 속이는 일이야 흔한 일일뿐더러 그저 슬쩍 보여 주는 정도였다면 증거라는 게 남을

---

4) 이근영(50, 건축업): 난 레이스라는 말이 참 맘에 들어. 굉장히 에로틱한 느낌이 든단 말이야. 아닌 게 아니라 판돈에 수표가 적당히 섞이게 되면 말이지, 아가씨들 입는, 왜 거 있잖아, 망사팬티 같은 레이스가 슬쩍슬쩍 보이는 것 같단 말이지.
심현준(34, 무직 혹은 소설가 지망생): 저기요, 사장님. 그거 원래 발음은 레이즈(raise)인데요.
이근영(50, 건축업): 어차피 양놈들 놀인데 발음 따위 신경 쓰게 생겼나? 자존심이 곧 애국심 아닌가?

턱이 없었다.

그러나 김 사무장이 말하면 '법적으로' 정말 그런가 보다고 탁 사장은 생각하게 되는 것이었다.

김 사무장은 드물게 달변이었다. 누군가와 이야기를 하는 그를 보면 절로 감탄이 나올 정도였다. 그는 상대방의 기를 적당히 살려 주면서 기분 나쁘지 않게 자신의 주장을 관철시킬 줄 알았다. 짐짓 노회해 보이는 언변이었으나, 왜 그런지 사람들은 그의 말에 너무나 쉽게 고개를 주억거리고 마는 것이다. 산보하듯 병원과 경찰서 몇 군데만 돌아도 의뢰인 몇은 어렵지 않게 물어 오는 사무장이었다. 전라돈지 충청돈지 출처가 불분명한 느릿한 사투리 억양은 일면 어눌하게 들리기도 했지만, 역으로 그 촌스러운 말법이 상대의 긴장을 풀어 놓는 듯했다. 그의 언변은 변호사 사무실의 밥줄과 직결되었고, 그런 탓에 눈엣가시처럼 여기면서도 소장은 사무장을 덮어 놓고 해고하지 못했다. 김 사무장이 법률 자문이나 간단한 법무사 일까지 보아 주며 뒤로 의뢰인을 빼돌린다는 것은 사무실에서 공공연한 사실로 알려져 있었다. 아닌 게 아니라, 김 사무장이 없을 때 소장은 부하 직원들 앞에서 드러내 놓고 사무장의 험담을 주워섬기며 투덜거리기 일쑤였다. 소장은 때때로 그를 '돈 먹은 자판기'로 부르곤 했는데, 동전만 삼키는 자판기처럼 속 터지게 한다는 뜻이었다. 하지만 그 자판기는 가끔씩 미친 듯이 음료수를 쏟아 내기도 하였으므로, 소장의 배포로는 평생 가봐야 그를 자르기 힘들다는 것이 부하직원들의 중론이었다.

"인생이 불쌍해서 봐준다, 내가. 그 집 자식들은 즈이 아빠가 화수분인 줄 아는 모양인지……."

무슨 소리인가 말끝을 꿀꺽 삼키며 큰 선심이라도 쓰는 투였지만 사실 다른 사무실에 다니고 있던 사무장을 스카우트해 온 장본인이 바로 소장이었다. 새끼들은 즈이 아빠가 화수분인 줄 아는 모양인지……. 은행에서 원재가 본 명세표에는 잔액이 마이너스 3천이 넘는 것으로 찍혀 있었다. 연봉에 부수입까지 수입이 상당한 사무장의 재정 상태가 실상 깡통, 그 이상이었던 것이다.

원재는 사무장의 뒤룩뒤룩한 목덜미를 바라보았다. 흰털이 완연한 살쩍부터 목울대까지 푸르스름한 수염으로 뒤덮여 있었다. 겨우내 검은 스웨터 하나로 버티고 있는 그에게서 담뱃진 냄새가 강하게 풍겼다. 원재는 얼마 전, 사무장의 책상에서 서류파일을 찾던 일을 떠올렸다.

컴퓨터를 켜고 정리되지 않은 파일들을 검색하고 있는데, 화면의 오른쪽 하단에 창이 하나 떴다. 자동으로 메신저에 로그인이 된 모양이었다.

— 토미새넌맘: 거기 있어?

원재는 무시하고 하던 일을 계속했다. 파일은 쉽게 찾아지지 않았다.

— 토미새넌맘: 이번 달 생활비가 안 왔어. 어떻게 된 거지? 자꾸 이러면 곤란해.

응답하지 않으면 제풀에 나가겠거니 했지만 메신저 창은 계속해서 올라왔다.

— 토미새넌맘: 왜 말을 안 해? 좀 이따가 애들 픽업하러 가야 해. 거기 없어?

원재는 하는 수 없이 메신저 창을 클릭했다. 창 하단에 '토미새넌맘 님이 메시지를 작성하고 계십니다.'라는 안내문이 보였다.

— 저기 보이는 저 산: 저, 죄송한데요. 사무장님 외출하셨습니다.

프롬프트가 열 번쯤 깜빡일 정도의 시간이 흐르고, '토미새넌맘 님이 로그아웃하셨습니다.' 그것으로 그만이었다.

은화가 커다란 양은 쟁반에 라면과 백반을 차려서 들여왔
다. 쟁반이 무거운지 둔중해 보이는 어깨에 잔뜩 힘이 실려 있
었다. 벽에 밀어붙여 놓은 밥상에 음식 그릇을 내려놓는 동안,
은화는 곁눈질을 해가며 자꾸만 원재를 흘끔거렸다. 원재는
그녀의 눈길이 왠지 불편했다. 라면을 시킨 남자가 은화의 시
선을 좇다가 그 끝에 팔을 겯지르고 앉아 있는 원재를 발견하
고는, 왜, 암내라도 풍기고 싶냐? 흰소리를 지껄였다. 은화는
뚱뚱한 몸피를 느릿느릿 세우고, 이번에는 곁눈질이 아닌 당
돌한 눈빛으로 원재를 내려다보더니 겨드랑이에 쟁반을 끼고
태연히 걸어 나갔다. 아, 저년이. 라면을 시킨 남자는 분통이
터지는지 짧게 욕설을 내뱉고 옆자리 홍터에게 무언가 쏘삭
거렸다. 두 사람이 원재를 바라보며 킬킬거렸다.

라면을 시킨 남자가 사발을 카드 테이블에 가져다 놓고 먹
기 시작했다. 면발을 빨면서 눈으로는 카드 패를, 한 손으로는
기술적으로 돈을 세가며 베팅을 했다. 원재도 게임을 지켜보
면서 식사를 했다. 인터넷 게임 사이트나, 친구들과 놀러가서
심심풀이 포커를 해본 적은 있지만 큰 판을 집중해서 본 적이
없는 원재에게 초록색 탁자에서 벌어지는 게임은 보통 흥미
로운 것이 아니었다.

　　무엇보다 표정의 사소한 변화가 중요한 포인트다. 원재는 맞은편 자리에 앉은 탁 사장의 경우, 자신의 패를 얼굴에 다 그려 보여 준다고 생각했다. 어지러이 파인 주름을 비집고 얼굴 전체에 화색이 비치면, 그가 든 패는 적어도 줄[5] 이상이었다. 원재는 이번 판에서 탁 사장이 마운틴이나, 하다못해 빽줄은 잡았으리라 짐작했다. 좋은 패를 쥐었을 땐, 괜히 눈썹을 꿈틀거리면서 얼굴을 붉혔고, 애써 알쏭달쏭한 표정을 만들어 보여도 여전히 얼굴은 붉었다. 체크나 뻥[6]을 불러 간지럼을 태우듯 낚시질을 시도할 때도 혈액순환 심하게 잘 되는 그의 얼굴은 일관성을 갖고 붉었다. 표정 관리가 안 되는 탁 사

---

5) 권민선(26, 케이블TV 도박채널 진행자): 선수들은 스트레이트를 줄이라 부릅니다. 카드 다섯 장의 숫자가 줄 서듯 연속된 것이죠. 스트레이트 중에서 제일 높은 게 마운틴(10, J, Q, K, A)이며, 빽줄(A, 2, 3, 4, 5)은 마운틴 다음으로 높은 스트레이트입니다. 포커 게임을 하기 위해서는 스트레이트, 플러시, 풀하우스와 같은, 이른바 족보를 외우셔야 합니다. 머리가 나빠서 이 많은 것을 다 외기가 어려우시다구요? 그럼 일단 직접 도박판에 뛰어들어 보시기를 권해 드립니다. 아이 우유 값, 전셋돈, 등록금 등등을 잃다 보면 외우고 싶지 않아도 저절로 머릿속에 각인될 것입니다. 바야흐로 천장에서 ♠◆♥♣가 은총처럼 떨어지는 놀라운 경험을 하시게 될 것입니다.

6) 김홍철(38, 보안업체 과장): 저에게 포커를 가르쳐 준 선배가 그럽디다. 베팅의 최고봉은 ‘체크’에 있다고. 판마다 다르지만 ‘메이드 첵’이 가능한 경우에 심리전에 능한 선수에게 무척 유리하거든요. 우리 탁 사장님은요, 체크를 너무 좋아해. 판을 키우지도 못할 거면서. 그래 놓고는 탁자 모서리에 머리를 짓찧는데 아주 죽갔어요. 누가 탁사장님 좀 말려 줬으면 좋겠다니까요.

장은 좋은 패를 들고도 판을 키울 수 없었다.

　김 사무장의 레이스야말로 만만치 않았다. 사무장 바로 어깨 뒤에 앉아 패를 다 볼 수 있었기 때문에 원재는 그가 베팅하는 것을 보면 무슨 생각을 하고 있는지 대충 짐작할 수 있었다. 그의 레이스 패턴은 절대로 패턴이라고 할 수 없는 것이었다. 뺑카[7]를 쳐가며, 특유의 입담으로 사람들을 정신없게 만들기도 하고, 어떤 땐 같은 뺑카인데도 짐짓 심각한 척 장고(長考)에 들기도 했다. 손에 든 패의 높고 낮음을 막론하고 어떤 땐 능청스럽게 노래까지 흥얼거렸다.

　발길을 돌리려고오 바람 부는 데로 걸어도오 돌아써어지지 않느은 것은 미련인가 아쒸이움인가 가쓰에 이 가아쓰에……
김 사무장의 레이스는 화려하다고밖에 할 수 없었다. 그런 김 사무장이 초반, 큰 판에서 물리고 나서 아직까지 본전도 되찾지 못한 것은 어디까지나 재수가 없어서였다. 역시 포커 게임은 밑천이 반, 재수가 반이다. 고만고만한 꾼들의 실력이라야

---

7) 권민선(26, 케이블TV 도박채널 진행자): 잡은 패가 미미하지만 짐짓 대단한 것을 든 것처럼 상대에게 겁을 주고 허풍을 쳐가며 하는 베팅을 일컬어 뺑카라고 합니다. 어느 도박판이고, 어설프게 뺑카를 쳤다가는 바보로 매장당하기 십상이라는 것 기억하시구요. Good luck!

그저 고만고만할 수밖에. 아무려나 김 사무장은 속이야 타들어가거나 말거나, 시종일관 예의 느긋한 말투와 의뭉스런 태도를 잃지 않았다.

"학생, 참, 학생이 아닌가? 뭐라고 부르나? 뭐 아무튼, 은행 한 번만 더 갔다 오지?"

원재가 얼추 식사를 마치고 물을 마시는데 탁 사장이 말했다.

그의 말에 라면 국물을 찔끔거리던 사내가, 어, 나도! 하고 재빠른 동작으로 카드를 내밀었다. 원재는 김 사무장을 한번 쳐다보고, 두 사람의 카드 비밀번호를 수첩에 받아 적고 일어섰다. 기집애같이 이쁜 게 밤일낮장두 모르게 생겼지? 자꾸 드나들다 보문 저절로 배워지잖어. 왜 걱정돼? 라면과 흉터가 자신을 두고 나누는 대화를 등으로 들으며 원재는 벽지가 발린 미닫이문을 열었다. 라면의 카드는 유효기간이 몇 달 남지 않은 신용카드였다.

차에 시동을 거는데 개밥을 주러 나온 은화가 원재를 발견하고는 멈칫하며 놀랐다. 그녀는 개밥그릇을 든 채 한 손을 허리춤에 얹고서 운전석에 앉은 원재를 빤히 노려보기 시작했다. 원재가 그녀를 향해 가볍게 목례를 했으나, 역시 반응이 없었다. 자동차가 언덕을 내려가 안 보일 때까지 은화는 그렇게 서 있었고, 원재는 룸미러로 그 모습을 보면서, 이상한 여자네, 중얼거렸다.

원재가 돌아왔을 때, 김 사무장은 휴대전화를 귀에 댄 채 입으로는 응응, 대답을 하면서 검지를 입술에 대고 좌중을 향해 조용히 하라는 표시를 하는 중이었다. 탁 사장은 화장실에라도 갔는지 자리에 없었다. 탁 사장님은 어디 가셨습니까? 원재가 탁 사장 몫의 돈 봉투를 들어 보이며 사람들에게 물었다. 흉터가 투덜거렸다.

"몰라, 자네 나가고 바로 따라 나가는 것 같더만. 그 노인네 이제 판에 앉히질 말든가 해야지 원. 징징대는 것도 하루 이틀이지, 밑천도 없이 들러붙어서 괜히 깽판이나 놓으려고 하고 말이야."

원재가 돈봉투 하나를 라면에게 건네자, 속 시원하게 빨라서 좋구만, 덕분에 은화 년 오늘 공쳤네, 라면이 옥니를 드러내고 흐흐흐 웃었다. 그는 방석 밑에 봉투를 집어넣고는 판돈에서 만 원짜리 두 장을 집어 원재에게 주었다. 원재가 망설이며 사무장 쪽을 쳐다보았지만 그는 전화 통화에 열중한 채 몸을 잔뜩 웅크리고 있었다. 아, 팔 떨어져. 라면이 지폐를 흔들며 말함과 동시에, 한껏 가라앉은 목소리로 통화를 하던 김 사무장이 탁자를 짚고 느닷없이 벌떡 일어섰다. 그의 손에 들려 있던 트럼프 몇 장이 낙엽처럼 떨어졌다. 낡은 탁자는 금방이라도 주저앉을 듯이 움푹 꺼졌다가 가까스로 제 모양을 찾았다. 모두의 시선이 김 사무장에게 쏠렸다. 아, 글쎄 알았다잖어! 그는 버럭, 소리를 지르며 방문을 열고 어두컴컴한 곁방으로 빨려 들어갔다. 순식간의 일이었고, 라면은 여전히 멍청한 표정으로 지폐 두 장을 꽃처럼 흔들고 있었다.

　주머니에 들어 있는 돈 봉투를 만지작거리던 원재가 반찬이 말라 가고 있는 밥상 곁에 앉아 턱을 괴었다. 고추장으로 양념한 오리찜은 빨간 기름이 그릇 가장자리에 엉겨 굳어 있었다. 군데군데 눌어붙은 자국이 선명한 베니어판에 가느다란 쇠붙이 다리가 붙은 싸구려 상은 움푹 꺼져 금방이라도 주저앉을 것 같았다. 팔꿈치가 축축해졌다. 팔 밑에 나박김치 국물이 흥건하게 고여 있었던 것이다. 원재는 물수건으로 팔꿈치를 닦았다. 수건에 묻어 있던 반찬 찌꺼기 때문에 옷이 더 지저분해졌다. 12시 23분, 꽤 오랜 시간이 흘렀음에도 삐딱하게 걸린 벽시계는 여전히 12시 23분을 가리키고 있었다. 아깐 왜 죽은 시계인 줄 몰랐을까. 원재는 일어서서 기울어 있는 시

계를 바로잡았다. 김 사무장이 돌아오면 곧바로 사무실로 가
야겠다고 원재는 생각했다. 방문이 열렸다. 들어온 사람은 은
화였다. 탁 사장도 김 사무장도 좀체 돌아오지 않았다.

행주와 쟁반을 내려놓으며 은화가 원재를 뻔히 내려다보았
다. 둘이 눈이 마주친 채 어색한 침묵이 흘렀다. 서방 냅두고
자알 헌다, 오랜만에 젊은 놈 보니까 거기가 벌름벌름허냐?
딜러를 보기 위해 카드를 추려 셔플[8]하면서 라면이 공연스레
시비를 걸었다. 그 소리에 원재는 그녀에게서 시선을 거두어 들
였지만 불편한 기분은 여전했다. 카드 한 벌을 반으로 갈라 휘
게 만들어 기술적으로 섞는 소리가 다라라락, 경쾌하게 들렸다.

"혹시 사무장님 어디 계신지 아세요?"

그녀는 대답 대신 손을 뻗어 시계 쪽을 가리켰다. 뒷산으로
올라갔다는 소린지, 화장실에 갔다는 소린지 가늠하기 어려

---

8) 심현준(34, 무직 혹은 소설가 지망생): T.S. 그레이엄은 《미학적 셔플의 기술》에서 이렇
게 말했습니다. "미학적 관점에서 카드 기술의 꽃은 스테키와 셔플이다. 카드 덱(deck)
52장이 테이블 위에서 동양 부채, 탄력 있는 스프링, 장쾌한 폭포로 섞이는 장면을 보는
것만으로도 우리의 인생은 풍부해질 것이다." 저는 절대로 돈을 딸 목적으로 판에 앉지
않아요. 어디까지나 예술성이 우선이지요. 〈지존무상〉〈정전자〉〈도성〉〈도신〉 등은 셔플
의 미학적 완성이 시각적으로 잘 형상화된 주옥같은 명화들인데요. 책 출처요? 지금 저
를 못 믿으시는 겁니까? 올해 트럼프북스에서 나온 베스트셀러를 모르시다니. 이 양반,
참. 정 못 믿겠으면 당장 서점에 가보시라구요.

웠으나 더 이상 묻지 않았다.

마당으로 나온 원재는 김 사무장이 갔을 만한 곳이 어디쯤 인가 주위를 휘둘러보았다. 사무장의 자동차는 여전히 주차 장에 서 있었고, 딱히 그가 갈 만한 곳은 눈에 띄지 않았다. 겨 울이라 잎이 무성한 것은 아니었지만 뒷산은 갈참나무와 소나 무가 빽빽이 들어차 꽤 우거져 보였다. 들어올 때 보았던 개가 다가와 원재의 신발 냄새를 맡았다. 피부병으로 털이 듬성듬 성한 데다 눈에는 윤기가 없어 귀여운 구석이라곤 전혀 없는 개였다. 원재는 발을 한번 탁, 바닥에 찍었다. 개가 움찔, 놀라 더니 꼬리를 가랑이 사이에 숨기고 눈치를 보며 옆걸음으로 달아났다. 개가 달아난 쪽, 집 외벽에 구형 소변기가 붙어 있 었다. 잡다한 물건이 무질서하게 놓여 있는 벽에 변변한 칸막 이도 없이 달려 있는 하얀 소변기가 돋올했다. 손님이 많을 때 를 대비해 설치해 놓은 듯했다. 날이 추워서인지, 변기를 보아 서인지 원재는 갑작스런 요의를 느꼈다.

지퍼를 내리고 소변을 보는데 오리탕집에 대고 오줌을 갈 기는 것 같아 기분이 묘했다. 바로 그 순간, 산비탈에서 제법 센 바람이 불어 왔다. 오줌줄기가 소변기 밖으로 길게 휘어졌 다. 어어……. 원재가 소리치는데, 거기에 은화가 서 있었다.

원재를 따라 나온 모양이었다. 오줌 줄기가 그녀의 분홍색 슬리퍼와 양말을 조금 적시고 말았다. 놀란 것은 오히려 원재였고, 은화는 그런 일이 늘 있는 일이라는 듯 천연덕스러운 표정이었다.

"죄송합니다. 고의가 아니었어요."

원재가 산 쪽으로 돌아서서 지퍼를 올리며 사과했지만 정작 자신은 변기가 있어서 소변을 본 것뿐이라는 생각이 들었다.

"아저씨 아까 저기로 올라갔어."

은화가 입을 열었다. 뚱뚱한 몸매와 대조적으로 매우 가느다란 미성(美聲)이었다. 잔뜩 부풀어 호빵을 연상시키는 그녀의 손이 뒷산을 향해 뻗어 있었다.

김 사무장을 찾으러 언덕을 오르며 원재는 꼭뒤를 질린 듯 조급하고 불안했다. 무언가 불길한 예감이 뇌리를 스쳤다. 경사진 산길은 미끄러웠다. 몸을 앞으로 잔뜩 굽히고 미끄러지지 않게 조심해 가며 조금 걸어 올라가자, 고목나무 아래 웅크린 사람의 뒷모습이 희미하게 보였다.

김 사무장은 검정색 스웨터 차림으로 무슨 줄 같은 것을 붙잡고 있었다. 줄은 나뭇가지에 묶여 길게 늘어져 있었다.

며칠 전 김 사무장의 모니터에서 보았던 글자들이 방점을 찍은 채 순식간에 떠올랐다. 주황색 나일론 밧줄을 보며, 원재는 불길한 예감의 정체를 확인했다. 김 사무장이 나무에 걸린 밧줄을 얼굴 높이까지 끌어올리는 중이었다.

"사무장님! 사무장님! 그러시면 안 됩니다."

속짐작이 자신도 모르게 비명으로 터져 나왔다. 밧줄에 열중해 있던 김 사무장이 느릿느릿 뒤돌아보았다. 그 서슬에 밧줄이 당겨져 나뭇가지에서 눈 고패가 떨어졌다. 사무장의 검은 스웨터 어깨 위로 하얀 눈이 쌓였다. 원재를 돌아보며 일어선 김 사무장 앞에 뜻밖에도 탁 사장이 앉아 있었다. 왜소한 어깨를 잔뜩 옹송그린 채 고개를 숙이고 있어 원재에게 보이지 않았던 것이다. 김 사무장의 얼굴에 당황한 것도 같고, 겸연쩍어하는 것도 같은 미묘한 표정이 일렁였다.

"넌 또 여긴, 뭐 헐라고 올라온 겨? 내 이거만 풀러 놓구 내려갈라 그랬는디…… 사람 참, 죽는 건 뭐, 아무나 허는 건 줄 아능가? 개 잡는 철도 아닌데 이게 여기 이러구 흔들려 대니께 안 그래도 보통 비위짱 상하는 게 아녔는디. 이 사람이 밥

지랄 허느라고 이런 게 다 눈에 띈 모양이여. 이 사람도 나 맹키로 이 느므 걸 끌러 버릴라고 허다가 힘에 부쳤는가……."

김 사무장은 혼잣말인지 아니면 탁 사장과 원재에게 동시에 하는 말인지 알 수 없는 소리를 중얼거렸다. 그때 주저앉아 있던 탁 사장이 갑작스럽게 벌떡 일어섰다. 그는 엉덩이에 묻은 눈을 털지도 않은 채 원재가 올라온 오솔길을 따라 허정허정 내려가기 시작했다. 망연히 서 있던 김 사무장이 말했다.

"저 사람, 공장이 어려웠든개벼. 어디에도 있을 자리가 없다고 허대."

언덕바지에서 저만치 아래에 '사계절 오리탕' 입간판이 굽어 보였다. 개집 옆 장독대로 빨간 고무장갑을 낀 은화가 뒤뚱거리며 걸어가고 있었다. 해는 눈구름에 가려 보이지 않았으나, 은화의 겨드랑이 사이에서 스텐리스 양푼이 이따금 반짝였다. 장독대 주변은 응달이 져 겨우내 내린 눈이 정강이 높이로 쌓여 있었다. 은화의 분홍색 플라스틱 슬리퍼가 눈 속에 파묻혔다 드러나곤 했다.

"내 자리라는 게, 그게 긍께…… 원래부터 없었든 건지, 기냥 눈 녹디끼 살살 없어져 부렀는지 영 몰르겠네. 자리가 없어진다는 게…… 참, 그려…… 그치? 난 그냥…… 자네 용돈이

나 벌어 가라구……. 근데 것두 저 애 자릴 뺏는 건 줄 내가 미처 몰랐네. 자네…… 이제부턴 나 찾으러 여기 올 거 읎어.”

김 사무장이 쥐고 있던 줄을 힘없이 놓았다. 원재가 멀리서 본 것과 달리 밧줄 끝에는 올가미가 없었다. 매듭 없는 밧줄이 이리저리 함부로 흩날렸다. 김 사무장은 맞바람을 고스란히 가슴으로 받고 있었다. 맵찬 바람에 흘러내린 콧물이 인중에서 입술 주름으로 질금질금 배어들었다.

“눈이 오시는구만…….”

눈을 가늘게 뜬 김 사무장이 먼 데를 바라보며 혼잣말처럼 읊조렸다. 그의 말에, 깜빡 잊었다 떠올린 양, 아침부터 무겁게 내려앉았던 하늘이 진눈깨비를 풀어놓기 시작했다. 겨울의 유원지로 떼 지어 몰려온 진눈깨비가 오리들의 깃털처럼 분분히 날리고 있었다.

오서독스 로맨스

김남혁

오이디푸스들

무릇 제목이란 본문에 산재된 의미들을 하나로 수렴시키는 일종의 중심이어야 한다고 생각하는 사람들에게 신혜진의 첫 소설집 앞에 내걸린 제목 '퐁퐁 달리아'는 의아할 것이다. 소설집에 실린 일곱 개 단편들의 올을 한 코에 엮어 주는 어떤 의미도 독특한 분위기도 일절 지니지 못하기 때문이다. 개중에 어떤 이들은 시작부터 이음매가 엇나간 듯한 느낌에 불안할지 모르겠다. 반대로 다른 이들은 제목으로 쓰인 '퐁퐁 달리아'가 단편 〈로맨스 빠빠〉에 등장한다는 사실을 찾아내고서 안도할지도 모른다. 《퐁퐁 달리아》를 앞에 두고 쓰이는 이 독후감은 불안이라는 정직한 감정을 토로하는 이들과 함께하고

자 하고, 거짓 안도를 느끼는 이들에게는 〈로맨스 빠빠〉의 화
자의 말을 빌려 이렇게 대꾸하려 한다. "그래서 뭐? 그래서 어
쩌라구?"(14쪽)

그런데 불안과 같이하려는 태도가 불안을 근본적으로 해소
해 줄 것이라고 오해해서는 안 된다. 그러한 해소는 결국 불
안을 또 다른 안도감으로 위장하는 행위이니 말이다. '퐁퐁 달
리아'라는 단어가 〈로맨스 빠빠〉에 등장하는 단어라며 안도
해 봤자 해명되지 않는 나머지 여섯 편의 단편들이 그대로 남
아 있듯이, 불안을 메우기 위해 무수히 많은 안도의 스토리를
만들어 낸다 하여도 균열은 끝내 잔존할 것이다. 그렇다면 겉
으로는 화창해 보이지만 불안을 자아내는 저 단어 '퐁퐁 달리
아'를 작가는 왜 소설집 전면에 내세우고 있는가? 아니, 작가
의 손을 떠난 작품의 주인은 독자이기에 작가의 의도를 증명
하는 일이 불필요하다면, 이러한 제목이 주는 효과는 무엇인
가? 해명하고 해명해도 잔존하는 이 불길한 해석의 잔여를 지
우는 방법은 끝내 없는가? 제목으로서 의미가 넘치거나 부족
한 이 단어 앞에서 우리는 계속해서 불안해야만 하는가? 만약
그렇다면 굳이 불안과 함께할 이유는 무엇인가? 애초부터 불
안을 자아내는 이러한 행위를 왜 했는지 따져 가며 작가를 비

난하는 게 옳은 일일까? 작가의 재능이 제목만큼이나 미달된다고 추궁해야 할까? 아니, 이래저래 둥글둥글 모두에게 좋은 방식, 제목을 무시할까?

이렇게 끝나지 않을 것 같은 의문들을 자아내는 화창하지만 불쾌한 저 제목에서부터 우리의 이야기를 시작할 수 있을 것 같다. 제목이 자아내는 불안은 그대로 소설 속 인물들의 체험과 연결되기 때문이다. 소설 속에서 인물들은 각자 다른 모습으로 살아가고 있지만 한결같이 불안한 마음을 떨쳐 내지 못하고 있다. 왜 그런가? 손쉽게 일반화할 수 없겠지만 어쩌면 〈겨울 유원지〉의 마지막 장면에서 김 사무장이 힘없이 내뱉은 말에 그 이유가 담겨 있을지 모른다. "내 자리라는 게, 그게 긍께…… 원래부터 없었든 건지, 기냥 눈 녹디끼 살살 없어져 부렀는지 영 몰르겄네."(222쪽) 기러기아빠인 김 사무장은 가정에서도 직장에서도 소외되어 있다. 그는 자신의 마이너스 통장 잔액처럼 이미 삶의 많은 부분을 포기한 채 살아가고 있다. 《퐁퐁 달리아》에 실린 소설 속 인물들은 대개 김 사무장과 비슷한 상황이다. 그들에게 삶의 고정된 의미를 제공해 줄 수 있는 상징적 자리는 그들의 의지와 무관하게 어느덧 사라진 상태이다. 정확히 말하자면 그러한 자리는 그들이 온전히 잡으려고 하면 할수록 역설적이게도 그들에게서 멀어진다. 이는 그야말로 비극적인 상황이다. 아버지를 죽이고 어머니와 동침할 거라는 예언으로부터 벗어나기 위해 오이디푸스가 코린토스에서 테베로 이동하는 일련의 노력을 기울이면 기울일수록 신탁은 더욱더 완벽하게 수행되듯이,《퐁퐁 달리아》의 인물들은 삶의 온전한 의미를 찾기 위해 노력하지만 바로 그 노력 때문에 더더욱 강력하게 소외된다. 이를테면《퐁퐁 달리아》속 대개의 등장인물들은 결혼했기에 이혼하고 싶고 이혼했기에 결혼하고 싶다. 이러나저러나 종국에는 자신의 자리가 사라질 것을 알고 있는 〈겨울 유원지〉의 김 사무장은 눈이 먼 상태로 콜로누스의 숲을 배회하는 오이디푸스의 처지와 다르지 않다. 어쩌면 그는 안티고네와 같은 동행자마저 없기에 더 비극적인 처지에 놓인 오이디푸스이다. 상황을 개선하기 위한 노력이 어차피 파국을 불러올 것을 알기 때문에 그는 삶에 대한 일체의 노력을 시도하지 않는다. 김 사무장의 노름은 일확천금을 노리는 환상조차 지니지 않는 무용하고도 목적 없는 생의 낭비일 뿐이다.

〈겨울 유원지〉에서 목적과 의미가 낭비되고 탕진되는 것은 김 사무장의 삶만이 아니다. 이 소설에서 각주는 어떤 역할을 하는가? 만약 각주를 보지 않고 소설 본문만 읽는다면 어떤 일이 일어나는가? 〈겨울 유원지〉의 각주는 이 소설집의 제목 '퐁퐁 달리아'처럼 하나의 단편을 완미하게 해석하고자 하는 독자들에게 불안을 자아내고 있다. 각주를 제외한 본문은 김 사무장의 비극적이고도 쓸쓸한 처지를 군더더기 없이 보여 준다. 하지만 이러한 각주는 본문의 의미를 보완하면서도 동시에 본문을 흐트러뜨리는 오점을 남기고 있다. 이 소설에 사용된 여덟 개의 각주 중 하나의 각주를 살펴보자.

각주4) 이근영(50, 건축업): 난 레이스라는 말이 참 맘에 들어. 굉장히 에로틱한 느낌이 든단 말이야. 아닌 게 아니라 판돈에 수표가 적당히 섞이게 되면 말이지, 아가씨들 입는, 왜 거 있잖아, 망사팬티 같은 레이스가 슬쩍슬쩍 보이는 것 같단 말이지.

심현준(34, 무직 혹은 소설가 지망생): 저기요, 사장님 그거 원래 발음은 레이즈(raise)인데요.

이근영(50, 건축업): 어차피 양놈들 놀인데 발음 따위 신경 쓰게 생겼나? 자존심이 곧 애국심 아닌가?

일차적으로 이 각주는 본문에 쓰인 '레이스'(207쪽)라는 단어의 의미를 보충하고 있다. 하지만 이근영과 심현준은 소설 본문에 등장하지도 않을 뿐만 아니라 이들의 대화는 단순히 레이스의 의미를 설명하는 데 그치지 않고, 겨울 유원지와 김 사무장의 퇴색되고 쓸쓸한 모습을 그리고 있는 본문의 분위기를 헤치고 있다. 여성의 속옷이며 애국심 따위를 논하는 이들의 대화는 본문보다 수다스럽다. 이러한 각주들은 삶의 의미를 망가뜨리는 김 사무장의 노름을 소설 자체의 형식 안에서 실현하고 있는 듯하다. 요컨대 이 소설에서 각주는 본문을 대리 보충한다. 각주는 본문에서 결핍된 부분(일종의 은어라고 할 수 있는 '레이스'의 의미)을 보충하면서도 본문의 완미한 형식을 미달된 것들로 대체한다. 마치 '퐁퐁 달리아'라는 제목이 이 소설집을 대표하면서도 소설집 전체의 의미를 수렴시키지 못하게 만들 듯이 말이다. 그렇기에 '퐁퐁 달리아'라는 제목처럼 여덟 개의 각주들은 또다시 해명할 수 없이 많은 질문들(본문을 망가뜨리는 각주는 어떤 역할을 하는가? 각주를 못 본 척하면 안 되는가? 각주가 본문의 완성도를 떨어뜨리듯이 작가의 재능은 형편없는 것 아닌가? 등등)과 거부감(각주를 쳐다보지도 말자!)을 이끌어 낸다.

'퐁퐁 달리아'라는 불완전한 제목, 본문에 오점을 남기는 각주, 삶의 자리를 잃어버린 김 사무장, 다시 말해 제목이면서도 제목이 아니고 본문이면서도 본문이 아니며 김 사무장이면서도 김 사무장이 아닌 이들은 모두 눈이 먼 채 국경을 헤매는 왕이면서 왕이 아닌 오이디푸스와 다르지 않다. 《오이디푸스 왕》 3부작 가운데 〈콜로노스의 오이디푸스〉는 이방인 오이디푸스가 아테네의 왕 테세우스에게 환대받는 과정을 그리고 있다. 모든 나라에서 배척되던 오이디푸스를 환대하자 테세우스는 아테네의 불행을 영원토록 막아 내는 진정한 왕이 된다. 물론 테세우스를 만나기까지 눈이 먼 오이디푸스를 동행한 안티고네 역시 잊을 수 없는 인물이다. 작가 소포클레스가 오이디푸스를 비극적 삶의 희생자로 그리지 않고 그 옆에 안티고네와 테세우스를 세워 두었듯이 어쩌면 작가 신혜진은 이상한 제목과 각주와 인물 앞에 선 독자들에게 안티고네와 테세우스의 역할을 요구하고 있는지 모른다. 이렇게 비극적 상황에 놓인 채 주변 사람들에게 불안을 자아내는 것들을 우리는 어떻게 환대할 수 있을까? 아니 최소한 어떻게 동행할 수 있을까?

환대 이후의 삶

환대와 동행은 상당히 멋진 말이지만 구체적인 실천 방식을 따지자면 공허한 말이 되기 쉽다. 어쩌면 불안과 불쾌를 자아내는 것들을 피하려는 태도가 자신에게 더 정직한 반응일지도 모른다. 아니면 그것들에게 그런 식이어서는 안 된다는 식의 도덕적인 훈계를 늘어놓는 것도 위선적인 행동보다 더 인간적인 반응일지 모른다. 〈대신 울어드립니다〉는 환대라는 공허한 수사를 다시 생각하게 하면서도 마치 신의 은총처럼 이루어지는 진정한 환대의 순간을 보여 주는 작품이다. 주인공 '여자'는 〈겨울 유원지〉의 김 사무장과 비슷한 처지에 있다. 여자 역시 가족들로부터 소외된 채 오피스텔에서 혼자 살아가고 있다. 이 버림받은 오이디푸스를 환대해 주는 공간은 교회이다. 하지만 여자의 어수선한 옷차림과 무례한 태도를 지적하는 교회 사람들의 모습은 그들의 환대가 위선적이라는 사실을 여실히 드러낸다. 그런데 이 소설에서 기독교 신자들의 위선을 재현하는 방식은 그동안 발표되어 온 한국문학 작품들에서 흔히 보아 왔던 이른바 클리셰가 아닐까. 노숙자의 신세가 되어 신을 욕했던 사람이 특별한 사건을 겪은 후 회개했다는 내용의 간증 앞에서 주인공 여자는 "어디서 들어본 듯

한 이야기"(174쪽)라고 생각한다. 이러한 여자의 입장은 이 작품에서 다루어지는 소재를 두고 어디선가 읽어 본 듯한 이야기라고 생각하는 독자들의 입장과 유사하다. 그러나 선해 보이는 태도에서 위선을 찾아내고 새로운 소설에서 진부한 것들을 짚어 내는 날카로운 판단들을 존중해야겠지만, 통찰은 새로운 맹목일 수 있다는 점을 잊어서는 안 된다. 통찰은 타자에 대한 새로운 이해의 가능성을 막아 버리는 오만과 동의어인 경우가 많기 때문이다. 무슨 말인가. 그러한 오만한 시선으로는 이 소설에서 가장 밀도 있는 장면들을 음미할 수 없다는 말이다.

〈대신 울어드립니다〉에서 통찰의 시선을 유지하던 여자는 교인들의 위선적인 태도 앞에서 실소를 터뜨린다. 그녀의 비웃음을 울음으로 오해한 노인이 그녀를 위로하는 장면은 이 소설에서 환대가 어떤 대가도 목적도 계산도 없이 그 자체로 이루어지는 것을 보여 준다. "실컷 울어요. 하나님의 사랑은 그렇게 크신 거라우. (⋯) 이제 걱정할 것 없어요. 천국에 갈 수 있는 입장권이 생겼는데 뭐가 걱정이람. 전지전능하신 하나님이 다 알아서 해주시는데⋯⋯."(177쪽) 노파의 무조건적인 환대는 여자의 오만한 태도를 압도하기에 여자는 어떤 위로를 받게 된다. 그러므로 여기서 여자의 실소를 알아보지 못했던 노파의 오해는 사리 판단에 어둡기 때문이 아니라 타인에 대한 조건 없는 사랑에서 비롯된다. 다시 말해 노파는 여자가 누구인지 어떤 이유에서 울고(웃고) 있는지 온전히 따지기 이전에 타인의 상처 그 자체를 감싸 주고 있다. 마치 신의 은총처럼 예상할 수도 없는 상황에서 무조건적으로 환대가 이루어지는 이 장면은 〈로맨스 빠빠〉에서 아빠가 딸에게 하는 이 말, "아잉아, 이게 뭔 줄 아느냐? (…) 이것은 아부지으 눈물이다. 새벽기도 때마동 느이덜얼 위하야 월매나 월매나 간절허게 기도를 하는 중 아느냐?"(38쪽)라는 바로 이 말이 건네지는 장면과 공명한다. 자신이 아니라 타인을 위해 헌신하는 기도, 아니 조금 더 냉정히 말해 타인을 위한 기도만이 자신을 위한 기도가 될 수 있다는 깨달음을 주는 이 장면은 독자들에게 시종 웃음을 잃지 않게 하는 〈로맨스 빠빠〉에서 가슴 먹먹한 울림을 전달한다.

　그렇기에 신의 은총과도 같은 환대가 이루어지면서 독특한 감정을 전하는 이 장면들에서 소설이 마감되었다고 해도 사실상 미학적인 완성도 면에서 하등 문제가 없어 보인다. 하지만 신혜진 소설에서 가장 미더운 부분은 바로 이 장면들에서 소설이 끝나지 않는다는 데 있다. 그녀의 소설은 오만한 냉소를 이기는 위대한 환대의 순간을 포기하지 않으면서도 그것이 말 그대로 한낱 순간의 차원으로 축소될 수 있다는 사실을 끝없이 경계한다. 그러므로 노인과 아버지의 가슴 울리는 메시지 이후에도 소설은 계속된다. 혁명의 순간보다 어려운 것은 혁명 이후의 삶이고, 사건에 대한 선언보다 지난한 것은 후사건적 실천이다. 마찬가지로 환대의 순간 이후 개인에게 혁명과도 같이 새롭게 찾아오는 삶을 지속시킬 수 있는지 여부를 살펴보는 것은 무엇보다도 중요한 문제이다. 그렇다면 〈대신 울어드립니다〉와 〈로맨스 빠빠〉에서 환대 이후 그들의 삶은 어떻게 계속되는가. 흥미롭게도 환대를 가능케 하는 이들과 이들로부터 이루어진 정직한 환대를 제일 먼저 왜곡시키는 것들은 바로 이들을 소외시켰던 자본주의의 제도들이다. 냉소적 태도를 포기하게 한 그녀의 깨달음과 타인에 대한 아버지의 무조건적인 사랑은 새로운 직업과 방송국 프로그램의 소재로 소비된다. 이처럼 신혜진의 소설들은 눈먼 오이디푸스와 같이 불안을 자아내는 자들을 이해하기 위해서는 그들을 판단하기 이전에 그들을 무조건 환대해야 한다는 가르침을 주면서도, 이보다 더 힘든 실천은 환대 이후의 삶에서 온다는 것을 말해 주고 있다.

　그러므로 신혜진은 환대의 소중함을 가르치는 뻔한 도덕 교과서나 환대의 순간을 미화하는 최루성 에세이로 소설의 가능성을 축소시키지 않는다. 환대를 위해서는 맹목이 전제되어야 하지만, 환대를 지속시키기 위해서는 맹목이 포기되어야 하다는 사실을 그녀의 소설은 계속해서 말하고 있다. 이처럼 환대의 아포리아를 들춰 내는 단단한 산문 정신을 포기하지 않기에 그녀의 소설은 말의 온전한 의미 그대로의 소설이다. 그녀의 소설에서 대개 사투리를 쓰는 사람들, 타인에 대해 이래저래 계산하고 따지기 이전에 사랑에 빠지는 사람들은 그들의 무지 때문에 위선 없이 타인을 환대할 수 있지만, 바로 그 무지는 역설적이게도 환대가 자본주의의 상품으로 교묘히 활용된다는 점을 날카롭게 인식하지 못하게 만든다. 그런데 그녀의 소설에서 환대가 종종 종교적인 소재와 연결된다는 점 역시 흥미롭다. 한국문학사에서 작가들이 마르크스의 《헤겔 법철학 비판》의 저 유명한 문장, '종교는 인민의 아편이고 억압받는 피조물의 한숨이며 무정한 세계의 감정이자 영혼 없는 상황의 영혼'이라고 했던 그 문장을 어떤 방식으로 읽어 내고 있는지 살펴보는 것도 분명 흥미로운 작업이 될 것이다. 그 가운데 아마도 신혜진은 이 문장에서 종교를 경멸적인 의미로 받아들이는 대신 하나의 증상으로 읽고 있는 작가로 기억될 것이다. 그녀의 작품들은 종교를 믿는 자들의 무지와 이기심을 비난하기에 앞서 이해하려 하고, 종교 자체를 허위의식으로 몰아세우기 이전에 종교의 가능성을 감지하려 하기 때문이다. 환대는 신의 은총과도 같이 무조건적으로 실행되기에, 그녀의 소설은 불안을 야기하는 오이디푸스들을 비난하는 이들의 인식적 오만과 거짓 환대를 일삼는 이들의 도덕적 위엄은 폐기되어야 마땅하다고 본다. 그러므로 그들은 눈면 오이디푸스들의 상황에 놓이지 않고 도덕적 위엄을 지킬 수 있는 자신들의 처지를 겸허히 받아들여야 한다. 타인을 환대하거나 적대할 수 있는 자율성은 인간의 능력 너머에서 은총처럼 주어지기 때문이다. 신혜진의 소설에서 신의 은총과 인간의 자율성은 그러므로 하나의 몸을 형성하고 있다. 이러한 신혜진 소설의 자세를 우리는 환대 이후의 파국 앞에서도 대입할 필요가 있다. 환대 이후의 삶은 적대로 왜곡되기 마련이지만 새로운 환대는 은총과도 같이 또다시 도래하기 때문이다.

예기치 않은 재회

이쯤에서 우리는 다시 신혜진 소설의 결미 처리 방식에 대해서 말해 볼 수 있을 것 같다. 은총과도 같던 환대의 삶이 파국으로 치달은 후 쓰인 마지막 문장들은 이렇다. "겨울의 유원지로 떼 지어 몰려온 진눈깨비가 오리들의 깃털처럼 분분히 날리고 있었다."(〈겨울 유원지〉) ; "예송장례식장 귀래실 신속 도착 바람."(〈대신 울어드립니다〉) ; "그러거나 말거나, 아버지는 아스카와의 포옹 신을 영원히 계속하고 싶은지 끝없이 엔진을 냈다."(〈로맨스 빠빠〉) ; "다방 창문 밖으로는 때 아닌 봄눈이 분분히 날리기 시작한다."(〈바겐세일〉) ; "뿌연 안개 속에서 짜르릉 아이의 자전거 벨 소리가 울린다."(〈밤소풍〉) ; "이즈 반도의 만월(滿月)이 강물처럼 조용하게 동생의 젖은 머리카락 위로 흘러내리고 있었다."(〈젖몸살〉) ; "활명수 한 병을 따 마신다. 감초향이 나는 다갈색의 약물이 식도를 화하게 씻어 내린다."(〈활명수〉)

《퐁퐁 달리아》에 실려 있는 거개의 단편들은 세 단계의 서사 단락으로 한 편의 소설이 구축된다. 먼저 이 시대의 비극적인 삶을 살아가는 눈먼 오이디푸스들의 방황이 등장하고, 두 번째 서사 단락에서는 이들의 환대가 이루어지며, 세 번째 단락에서는 환대 이후의 삶이 그려진다. 세 개의 서사 단락 가운데 어느 부분에 집중하느냐에 따라 서사의 세부 결은 달라질 수 있지만 소설들의 큰 틀은 이 같은 방식을 유지하고 있다. 그렇기에 저 위에 제시된 개별 소설들의 마지막 문장은 세 번째 서사 단락의 역할을 보조하거나 그 자체로 환대 이후의 삶을 예시하고 있다. 이를테면 〈밤소풍〉의 주인공은 현재 가족들로부터 소외받고 있으며 심지어 스스로도 자신을 용납할 수 없는 상태에 있다. 그녀는 한때 가족이라는 제도의 억압을 견디지 못해 집을 나갔지만 현재 자신의 과거를 그대로 반복하고 있는 남편 앞에서 그를 욕할 수도, 그에게 외로움을 호소할 수도 없는 처지이다. 이 소설의 두 번째 서사 단락은 자기 자신으로부터도 버림받은 이 여자가 환대와 위로를 받는 장면에 할애된다. 앞서 〈대신 울어드립니다〉의 노인과 〈로맨스 빠빠〉의 아버지가 했던 가슴 벅차오르는 말을 연상케 하는 메시지가 이 소설에서는 그녀가 쓸쓸히 찾아든 성당의 예수 상 옆에 걸려 있다. "그 빛이 어둠 속에서 비치고 있지만 어둠은 그를 깨닫지 못하였다."(95쪽) 요한복음의 한 구절을 읽으며 그녀는 자신의 외도로 고통 받던 남편이 하나님께서 보내신 사도 요한('빛')과 다르지 않았고, 자신은 그를 알아보지 못한

‘어둠’이었음을 깨닫게 된다. 남편에 대한 미안한 마음은 그녀가 아들의 소풍을 위해 마련한 김밥에 남편이 좋아하는 포항 초무침을 넣었다는 작은 디테일에 잘 드러나 있다. 아들의 김밥을 쌌던 날 저녁 우연찮게 찾아온 남편과 함께 이들이 남은 김밥을 나눠 먹는 장면에서 이 소설은 끝난다. 이 같은 환대와 재회 이후 그들의 삶이 어떻게 진행될 것인지를 알려주는 세 번째 서사 단락의 역할은 이 소설의 마지막 문장, "뿌연 안개 속에서 짜르릉 아이의 자전거 벨 소리가 울린다."라는 바로 이 문장이 수행하고 있다.

하지만 이러한 결말들은 어쩌면 식상한 방식의 열린 결말일지 모른다. 환대 이후 그들의 삶이 다시 파국으로 되돌아갈지 반대로 새로운 삶으로 개화될지 여부를 성급히 단정 짓지 않은 채 그들이 놓인 주변 환경을 묘사하면서 끝나는 방식은 흔히 말하는 열린 결말의 형태를 지니지만 이는 기존의 수많은 영화와 소설에서 많이 차용된 방식이기도 하다.[1] 심지어 한 소설집에 실려 있는 여러 단편들의 이러한 마지막 문장들은 서로 얼마나 유사한가. "겨울의 유원지로 떼 지어 몰려온 진눈깨비가 오리들의 깃털처럼 분분히 날리고 있었다."(〈겨울 유원지〉) ; "다방 창문 밖으로는 때 아닌 봄눈이 분분히 날리기 시작한다"(〈바겐세일〉) ; "이즈 반도의 만월(滿月)이 강물처럼 조용하게 동생의 젖은 머리카락 위로 흘러내리고 있었다."(〈젖몸살〉) 그런데 우리는 여기서 이러한 결말 처리 방식을 클리셰라며 비판하길 원하는 통찰의 욕망에 저항할 필요가 있다. 통찰이 맹목으로 이어진다는 가르침은 앞서와 마찬가지로 이 순간에도 여전히 중요하다. 무슨 말인가. 열린 결말의 의미를 온전히 수용할 때에만 이 소설의 어떤 가능성을 엿볼 수 있다는 말이다.

그 가능성을 엿보기 전에 이제는 유명한 글이 되어 버린 벤

---

1) 사실 이러한 미학적 반복을 클리셰라고 비판하는 것은 생산적 논의를 이끌어 내지 못하는 날 선 비난일 뿐이다. 그러한 비난 이전에 미학적 반복에 담긴 의미를 찾아내는 게 중요하다. 그동안 한국 문학사 안에는 열린 결말은 미학적으로 훌륭한 것, 반대로 닫힌 결말은 질이 떨어지는 것 운운하는 고정관념이 있었던 것은 아닐까. 이러한 고정관념을 일소하기 위해 김영찬의 논문을 살펴볼 필요가 있다. 김영찬, 〈이청준 격자소설의 정치적 (무)의식〉,《한국근대문학연구》제6권 2호, 2005년 10월. 참고로 학계와 무관한 이들은 이 글을 www.dbpia.co.kr에 접속하여 읽어 볼 수 있다. 이 글에서 김영찬은 이청준 소설에서 빈번히 등장하는 열린 결말의 미결정적 태도에 담긴 정치적 (무)의식을 점검한다. 그는 격자형식을 통해 최종적인 판단을 열어 놓는 이청준 소설이 정치적 실천의 사유를 무조건 억압적 기제로 해석하게 만드는 한계에 빠진다고 말한다. 그에 따르면 끝없이 의심하고 결단을 뒤로 미루며 개인의 윤리를 강조하는 열린 결말 형식은 정치적 실천의 사유를 근본적으로 부정하기에 실제로는 개인중심적인 폐쇄성을 지닐 수 있다. 즉 개인 주체의 윤리적 사유를 열어 두는 태도가 정치적 실천의 사유를 닫아 버리게 된다. 이로써 역설적이게도 윤리적으로 열린 결말은 정치적으로 닫힌 결말이 될 수 있다.

야민의 〈이야기꾼(Erzähler)〉을 먼저 떠올려 보자.[2] 이 에세이에서 벤야민은 시간의 풍화를 이겨 내는(아니, 오히려 시간이 지날수록 생명력을 얻게 되는) 작품 고유의 아우라의 기능을 알레고리[3]라는 서술 기법에서 찾고 있다. 그것을 증명하기 위해 이 글에서 스치듯 간단히 언급되지만 무엇보다 명료한 가르침을 건네주는 작품이 바로 요한 페터 헤벨(Johann Peter Hebel)의 〈예기치 않은 재회〉라는 작품이다.[4] 이 작품의 내용은 이렇다. 결혼을 하루 앞둔 약혼자가 탄광에 들어갔다가 죽

---

2) 발터 벤야민, 반성환 옮김, 〈얘기꾼과 소설가〉, 《발터벤야민의 문예이론》, 민음사, 1983.

3) 이 글에서 벤야민이 알레고리라는 개념을 직접적으로 언급하고 있진 않지만, 시간의 풍화를 이겨 내는 헤벨의 작품은 고정된 의미를 끝없이 교란할 수 있다는 벤야민의 알레고리 개념이 스며 있다. 여기서 벤야민의 알레고리는 일반적으로 알려진 알레고리 기법과 유사하면서도 다르다. 이에 대해서는 프랑코 모레티의 책에서 작지만 명료한 가르침을 받을 수 있다. 지면 관계상 간단히 언급하자면, 일반적으로 알레고리는 관습에 기대고 있는 비유이기에 의미를 다양하게 분산시킬 수 없는 한계를 지닌다. 모레티에 따르면, 의미의 복수성을 단 하나의 공인된 의미로 축소시키는 기존의 알레고리 형식에 의미의 복수성을 지니게 만든 사람으로 벤야민, 폴 드만, 조나단 컬러 등이 있다. 좀 더 자세한 내용은 프랑코 모레티의 책 4장을 참고할 수 있다. 프랑코 모레티, 조형준 옮김, 《근대의 서사시》, 새물결, 2001.

4) 요한 페터 헤벨에 대한 작지만 단단한 설명과 그의 번역서에 대한 친절한 안내는 벤야민 전공자 조효원의 글을 참고할 수 있다. 조효원, 〈벤야민이 사랑한 이야기꾼, 요한 페터 헤벨〉, 2010년 4월 포스팅. 이 글은 출판사 그린비의 블로그에서 읽을 수 있다. http://greenbee.co.kr/blog/1010

게 되고, 홀로 남겨진 약혼녀는 결혼하지 않은 채 50여 년의 세월을 보내게 된다. 그런데 50여 년이 지난 어느 날 오래전 탄광에서 죽었던 약혼자의 시체가 발견되는데, 흥미롭게도 그 시체는 탄광 속 황산염에 흠뻑 젖어 있어서 부패되지 않았다. 이처럼 헤벨은 이미 늙어 버린 약혼녀가 청년의 모습을 하고 있는 약혼자를 예기치 않게 재회하는 신비롭고도 아름다운 이야기를 그리고 있다. 그런데 벤야민이 이 이야기에서 관심을 갖는 부분은 이 이야기를 읽으면 누구나 관심을 기울일 것들, 이를테면 50여 년을 혼자서 살아온 여성의 지고지순한 태도라든지 젊었을 적 모습을 그대로 유지하고 있는 약혼자 모습 따위가 아니다. 벤야민은 이런 무거운 메시지와 기발한 소재 속에는 시간의 풍화를 이겨 내는 아우라가 담겨 있지 않다고 본다. 벤야민이 주목하는 것은 결혼을 앞둔 약혼자가 죽은 후 50여 년의 세월이 지나는 장면에 대한 헤벨의 서술이다. 약혼자가 광산에서 돌아오지 않은 후부터 진행된 50여 년의 시간을 작가는 이렇게 서술하고 있다. "그사이 포르투갈의 리스본 시는 지진으로 파괴되었고, 7년 전쟁이 끝났으며, 프란츠 1세 황제가 서거했다. 그리고 가톨릭의 예수회가 폐지되었으며, 폴란드가 분할되었고, 마리아 테레지아 여왕이 서거

했으며, 덴마크의 정치가 스트루엔제 공작이 처형되었고, 미국이 독립했고, 프랑스와 스페인의 연합군이 지브롤터 해협을 정복하지 못했다. 터키 군은 슈타인 장군을 헝가리의 베트란 동굴에 가두었고, 황제 요젭도 서거했다. 스웨덴 국왕 구스타프는 러시아령 핀란드를 정복했고, 프랑스 혁명이 발발하여 긴 전쟁이 시작되었으며, 레오폴드 2세 황제도 역시 사망하여 무덤으로 갔다. 나폴레옹이 프로이센을 정복했고, 영국군이 코펜하겐을 폭격했으며, 농부들은 씨를 뿌렸고 가을걷이를 했다. 방앗간 주인은 방아를 찧었으며, 대장간 주인은 망치질을 했고 광부들은 지하 작업장에서 광맥을 찾아 곡괭이질을 했다."5)

비극적 상황에 놓인 여인의 내면을 그리는 대신 헤벨은 죽음과 전쟁이 난무했던 역사적 사건들을 지루하게 나열하고 있다. 약혼녀의 슬픈 내면과 가장 거리가 먼 서술, 어떻게 보면 독자들을 약혼녀의 슬픈 내면과 동일시하지 못하도록 하

---

5) 요한 페터 헤벨, 배중환 옮김,《예기치 않은 재회-독일 가정의 벗, 이야기 보물상자》, 부산외국어대학교 출판부, 2003, 17쪽. 번역서에는 인용된 문장들 사이사이에 다수의 역자주가 첨부되어 있는데, 여기서는 이 각주들은 인용하지 않았다.

는 이처럼 건조하고도 지루한 서술을 벤야민은 아우라가 깃든 알레고리라고 말하고 있다. 이 지루한 서술은 약혼자가 죽은 후 홀로 살아야 했던 약혼녀의 내면을 직접적으로 제시하지 못하지만 그녀의 내면에는 수많은 전쟁과 죽음이 지나간 것과 비슷한 강도의 상처가 남아 있을 거라는 암시를 우의적으로 보여준다. 시간이 지난다고 해도 작품이 죽지 않고 독자와 뜻하지 않는 재회를 이루기 위해서 벤야민은 이처럼 작품의 의미를 드러내면서도 감추는 알레고리의 서술이 필요하다고 본 것이다. 그렇기에 그는 '뜻하지 않는 재회'를 오로지 헤벨 작품의 내용 안에서 찾는 것이 아니라 작품이 독자와 연결되는 작품 외적 상황에서 찾아내고 있다.

그렇다면 다시 신혜진 소설에 쓰인 저 마지막 문장들을 살펴보자. 이 문장들은 분명 익숙한 결말 처리 방식이지만 그것이 지니고 있는 효과들은 차분히 따져 볼 필요가 있다. 앞서 살펴보았던, 본문을 대리 보충하는 각주와 제목이라 부를 수 없는 제목(퐁퐁 달리아)과 그녀 소설의 마지막 문장들은 너무나 흡사한 기능을 수행한다. 더불어 이 문장들은 약혼녀의 슬픈 내면을 서술하지 않은 채 은근슬쩍 그녀를 둘러싼 역사적 환경을 서술하던 헤벨의 자세와도 연결되고 있지 않은가. 이처럼 이것들은 형식적으로 완미하게 서사를 마감하게 하면서 동시에 위대한 환대로부터 받았던 가슴 뻐근한 심정들에 대한 독자들의 동일시를 지속될 수 없게 만든다. 하벨의 소설에서 건조한 서술들이 독자들에게 약혼녀의 내면에 손쉽게 동화될 수 없도록 만들 듯이 말이다. 앞서 말했듯이 그녀의 작품은 환대가 신의 은총처럼 이루어지기에 지금 환대가 적대로 도착(倒錯)되더라도 언젠가 또다시 도래할 것을 기약하고 있다. 이 새로운 환대와의 '뜻하지 않은 재회'에 대한 약속은 이렇게도 진부한 듯 보이면서도 강력한 역할을 수행하고 있는 마지막 문장에 의해 추동되고 있다. 그러므로 결말 처리 방식의 진부함만을 비판할 때 볼 수 없는 것은 이들 결말에 숨겨진 환대에 대한 뜻하지 않은 재회의 열정이다. 그러니 미래의 환대 가능성에 대한 직접적인 의미를 비워 두면서 환대를 기다리는 마지막 문장의 열정을 클리셰라는 비판 이전에 우리는 반드시 기억할 필요가 있다. 오랜 시간이 지나도 퇴색되지 않는 작품의 아우라를 지켜 내게 한 헤벨 소설의 건조한 서술 방식이 신혜진 소설에서는 시간의 풍화에도 사라지지 않는 환대에 대한 신념으로 연결되기 때문이다.

남겨진 질문들

그런데 신혜진 소설의 결말 처리 방식이 미학적으로 진부할 수 있다는 점을 문제 삼지 않고, 더불어 그러한 결말이 미래의 환대와 재회하고자 하는 열망을 포기하지 않도록 한다는 점을 인정하더라도 손쉽게 넘길 수 없는 의문들이 남아 있다. 그 한 뭉치의 의문들은 이렇다. 지금까지 살펴봤듯이, '눈먼 오이디푸스들의 방황—그들에 대한 환대가 이루어지는 위대한 순간—그러한 환대의 완성 이후에도 계속되는 삶'이라는 세 단계 서사 단락에서 마지막 세 번째 단락이 제시하는 사유는 지나치게 종교적인 것은 아닐까? 다르게 말해 그것은 왜곡된 환대를 개선할 수 있는 인간의 실천의지를 애초부터 제거하고 있는 것은 아닐까? 신의 은총과도 같은 환대를 또다시 기다리는 것보다 환대가 이루어질 수 있도록 환대의 조건들을 개선하려는 노력이 더 중요한 것은 아닐까?[6] 눈먼 오이디푸스들에 대한 환대는 오로지 개인적인 차원에서만 이루어질 수밖에 없는 것인가? 두 번째 서사 단락에서 이루어진 위대한 환대가 왜곡됐는데도 불구하고 왜 세 번째 서사 단락에서 인물들은 또다시 두 번째 환대와 똑같은 방식의 환대만을 기다리고 있는가?

앞서 보았듯이 신혜진의 소설은 환대의 완성을 곧장 소설의 결말로 받아들이는 대신 환대가 왜곡되는 과정을 제시하면서도 새롭게 도래할 환대를 포기하지 않고 있다. 그런데 이러한 의문들이 제시될 수 있는 이유는 그녀의 소설에서 환대의 완성이 왜곡된 후에도 눈먼 오이디푸스들은 앞서 이루어진 환대가 반복되기만을 기다리고 있는 것처럼 보이기 때문이다. 다시 말해, 환대를 왜곡시키는 원인을 교정하기 위한 방법론이 그녀의 소설에서는 또 다른 환대를 기다리는 수준에서 머무르고 있다. 그녀의 소설은 환대의 도착(倒錯) 가능성을 제시하기에 미덥지만, 그러한 도착을 해결할 수 있는 실천들에 대해서는 구체적인 성찰이 부족하다고 여겨진다. 그녀의

---

6) 환대보다 환대의 조건이 중요하다는 사유는 자유보다 자유의 조건을 마련할 필요가 있다는 사유에서 빌려 왔다. 자유는 단지 해방이 아니며, 해방에서 자유로 가는 길을 구축해야 한다는 일본의 철학자 사이토 준이치의 가르침은 다음의 책을 참고할 수 있다. 사이토 준이치, 이혜진 외 옮김, 《자유란 무엇인가》, 한울, 2011. 이 글에서, 자유는 오로지 개인의 의지에 의해서만 이루어지는 게 아니라 타자가 어울려 합리적인 소통을 할 수 있는 공론장이라는 조건을 갖출 때 비로소 가능하다고 사이토 준이치는 말하고 있다. 특히 그가 '소극적 자유'를 옹호한 이사야 벌린의 자유론을 비판하는 대목은 주의 깊게 읽어 볼 필요가 있다. 한편 자유와 자유의 조건을 구분하는 사이토 준이치의 사유를 존중하면서도 공론장 구축이라는 추상적이고도 현실성이 부족해 보이는 실천에 대해 흥미로운 반론을 제기하는 글로는 아즈마 히로키의 다음의 책을 참고할 수 있다. 아즈마 히로키, 안천 옮김, 《일반의지 2.0》, 현실문화, 2012.

소설은 환대가 왜곡될 것이고, 그러한 환대의 적대로의 도착은 또 다른 환대에 의해 해소될 것이라며 막연히 기대하고 있는 듯하다. 그렇다면 이러한 삶이란 고작 환대와 도착의 악무한적 폐쇄고리에 불과하지 않은가. 이러한 악무한의 고리를 어떻게 끊을 수 있을까? 일찍이 알제리 독립전쟁에 참여했던 정신과 의사 프란츠 파농(Franz Fanon)은 식민지 전쟁 이후 불면증과 우울증을 호소하는 환자들을 분석하면서 이렇게 말한 바 있다.

> 대체로 임상 정신의학에서는 우리 환자들이 보여 주는 다양한 정신질환들을 '반응성 정신질환'이라고 분류한다. 하지만 그러기 위해서는 장애를 유발한 사건에 그 초점이 맞춰져야 하는데, 어떤 경우에는 해당 사례의 배경(환자의 심리적·정서적·신체적 조건)만 언급되어 있다. (…) 여기서 우리는 단순히 그 장애를 완화하거나 진정시키는 것으로는 문제가 근본적으로 해소되지 않는다는 점을 다시 한 번 강조하고자 한다. 장애를 유발한 **사건 자체**가 그와 같은 병리적인 뒤틀림을 온존시키고 강화하는 것이다.[7] (강조-인용자)

파농은 당대의 임상 정신의학이 식민지 전쟁을 겪은 후 정신 장애를 앓고 있는 환자들을 치료하고자 하지만 그들 장애의 원인을 제대로 파악하지 못하고 있다고 말한다. 파농이 보기에 그러한 치료 행위는 환자들의 정신 장애를 근본적으로 해결하려는 게 아니라 단순히 '완화하거나 진정시키는 것'에 불과하다. 유럽적 삶을 모방하고자 하는 식민지 부르주아 지식인 계급의 의사들은 환자들의 정신 장애가 바로 식민지 상황('사건 자체')에서 비롯됐다는 사실을 보지 못한 채 오로지 환자의 가정환경이나 환자가 어릴 적 겪은 성적 체험 따위만을 조사하고 있다. 전쟁 후 정신 장애 때문에 온전한 삶을 살아갈 수 없었던 사람들은 신혜진 소설에서 삶의 자리를 잃고 방황하던 오이디푸스들과 다르지 않다고 말하면 이는 지나친 과장일까. 여기서 파농은 눈먼 오이디푸스들의 정신 장애와 방황을 근본적으로 해결하기 위해서 정신분석이 할 일은 식민지 사회 체제에 대한 저항이라고 본다. 심지어 그는 식민지 상황을 극복하기 위한 수단으로 폭력마저도 받아들이고 있다.

---

7) 프란츠 파농, 남경태 옮김, 《대지의 저주받은 사람들》, 그린비, 2004, p.283, 315. 번역의 문제 때문이 아니라 이 독후감의 원만한 이해를 위해 파농이 했던 말의 의미를 왜곡하지 않는 범위에서 몇몇 문장을 생략하고 변형시켜 인용했다.

이러한 문제의식을 지니고 있는 파농이 만약 신혜진의 소설을 읽는다면 어떻게 반응할까? 환대의 왜곡을 교정하기 위해 긴급하게 필요한 일은 개인적 차원에서 수행되는 또 다른 환대가 아니라 환대의 왜곡을 조장하는 사회 체제에 대한 수정이라고 말하지 않았을까. 환대가 이루어질 수 있는 조건을 개인의 윤리에만 호소하지 말고 사회 구조의 윤리적 변형에서 찾아야 하는 게 더 긴급한 일 아닐까. 이들 오이디푸스들의 소외는 개인들의 이기심에서 비롯되기도 하지만 개인들의 이기심을 조장하는 인식론적 배치 그 자체에 문제가 있는 것은 아닐까. 환대와 적대의 폐쇄고리는 바로 이러한 사회구조적인 메커니즘 자체를 깨뜨릴 때 이루어질 수 있는 것 아닐까. 자, 진정하고, 그녀의 소설로 다시 되돌아가 보자.

　단편 〈활명수〉는 작가의 소설론으로도 읽힐 수 있는 작품이다. 이 단편의 줄거리는 이렇다. 신탄진이라는 별명을 지닌 주인공 김수진은 작가 지망생으로 현재 시골집에 내려와 있는 상태다. 물론 그녀 역시 생의 상징적 자리를 잃어버린 눈먼 오이디푸스들 중 한 명이라고 말할 수 있다. 그녀는 시골에서 두 명의 동창생인 이원재와 십팔영을 만난다. 어릴 적 김수진은 이원재로부터 순결을 잃은 경험이 있었는데, 성인이 된 지금 그녀는 그때와 비슷한 체험을 십팔영과 나누게 된다. 그런 후 그녀가 집에 돌아와 활명수를 마시는 장면에서 이 소설은 끝나고 있다. 이 작품에서 핵심은 그녀가 동창생들에게 원치 않으며 심지어 두렵기까지 한 성교를 나누면서도 일절 저항하지 않는 이유에 있다. 단순히 성적 호기심 때문에 그랬던 것일까? 만약 그렇다고 생각한다면 그녀가 집에 돌아와 활명수를 마시는 이유를 해명할 수 없기에 이는 부족한 답변이다. 이 소설에서 활명수는 인간이 오이디푸스들에게 건넬 수 있는 최소이지만 최대인 위로를 상징한다. 다시 말해, 활명수는 오이디푸스들의 처지를 근본적으로 해소할 수 없기에 최소의 위안이지만, 인간이 각자의 처지에서 눈먼 오이디푸스를 두려워하지 않으면서 위선적이지 않게 환대할 수 있는 최대의 위안이기도 하다. 이쯤 되면 김수진이 그들과 성교한 후 활명수를 마시는 이유를 능히 알 수 있을 것이다. 이원재와 십팔영은 그들의 의지와 무관하게 어릴 적부터 눈먼 오이디푸스가 된 인물들이다. 김수진은 이들의 파괴적인 공격성이 그들이 겪은 비극적 경험들에서 비롯됐으며, 심지어 자신도 그들과 다르지 않은 눈먼 오이디푸스라는 것을 막연하게나마 공감하고 있는 자이다. 그렇기에 그녀는 스스로도 두

렵게 여기는 그들의 공격적인 행동을 받아 주고자 한다. 이처럼 그들을 환대한 후 함께 위로를 받아야 할 약자의 처지로 내려가기에 그녀의 환대는 타자의 상처를 받아들이면서 자신의 주체적 동일성은 그대로 유지하는 강자의 위선적인 관용이 되지 않게 된다.

어쩌면 신혜진은 자신의 소설이 이 시대의 오이디푸스들에게 건네는 활명수가 되기를 원하고 있는지 모른다. 일개 플라시보 효과이자 한낱 허구일 뿐이지만 타자의 상처를 위로할 수 있는 힘을 지닌 활명수 말이다. 그런데 어떤 활명수란 말인가? 다음의 장면들을 떠올려보자. 어릴 적 이원재와 십팔영은 집이 비에 쓸려 나가고 아비가 목을 매 자살함으로써 정신적으로 공황상태에 빠지게 된다. 이들의 놀란 가슴을 진정시키고자 약사인 김수진의 아버지는 활명수를 건넨다. 또 다른 장면. 어릴 적 김수진이 키우던 고양이는 쥐약을 먹고 죽게 된다. 그녀의 아버지는 고양이를 다시 살려낼 수 있기를 바라듯 간절한 마음으로 고양이에게 활명수를 먹인다. 마지막 장면. 십팔영과 두렵고도 은밀한 섹스를 나눈 후 집에 돌아온 김수진은 활명수를 마신다. 세 장면 가운데 가슴을 울리는 것은 아마도 앞의 두 장면일 것이다. 인간이 손댈 수 없는 비극적인 상황 앞에 놓인 타자를 모른 척하지 않는 위로는 그야말로 감동적이다. 그런데 우리는 감동 이후에 밀려드는 무력감을 모른 척해서는 안 된다. 이미 죽어 버린 타자에게 활명수를 준다 해도 상황은 나아질 수 없기 때문이다. 오히려 마지막 세 번째 장면에 숨겨진 타자에 대한 윤리를 기억할 필요가 있다. 타자를 위로하기 위해 자신마저 위로를 받아야 하는 낮은 자리로 내려가는 행위가 바로 세 번째 장면에서 재현된다. 그렇기에 신혜진 소설이 되고자 하는 활명수는 타자에게 건네지는 것이 아니라 오히려 소설 그 자신에게 건네져야 하는 것이다. 그 소설은 미학적 자리를 보존하면서 타자를 위로하는 소설이 아니다. 오히려 소설의 미학적 자리마저 포기하면서까지 타자와 동행하는 소설이다. 요컨대 그것은 홀로 잘 빚은 항아리가 되는 것보다 타자와 함께 잘살기를 원하는 소설이다. 타자와 함께 활명수를 나눠 마셔야 하는 자리로 내려가는 소설. 이야말로 오서독스한 소설이자 오서독스한 사랑 아닌가.[8]

그런데 이러한 소설론들은 환대가 그랬던 것처럼 말로는 멋있지만 그 실천을 논할 때 공소해지기 쉽다. 더구나 파농의 가르침에 기대어 볼 때 이 같은 차원의 오서독스란 현실의 문제를 근본적으로 해결하지 못한 채 그저 완화하거나 진정시키는 차원에서 더 나아가지 못하게 된다. 심지어 타자를 환대하라는 가르침은 정치적인 시점을 잃어버린 종교적인 해법인 것만 같아 불편하기도 하다. 그런데 일찍이 현실을 오서독스한 실천으로 개선하고자 했던 무모한 자들이 있었다. 그 가운데 '세계를 낭만화하라'라는, 지금의 시각에서 볼 때 맹목적으로 보이는 실천을 시도했던 낭만주의 운동을 거론할 수 있다.[9] 이들의 낭만주의는 〈로맨스 빠빠〉의 아버지처럼 맹목적이기에 위선적이지 않지만, 맹목적이기에 파국을 불러오기도 했다. 〈로맨스 빠빠〉에서 더 이상 삶의 의미를 찾기 어려울지

8) 지젝은 체스터턴의 《오소독시》를 읽는 과정에서 신학과 유물론의 접속을 시도하고 있다. 지젝에게 오서독스한 실천은 단순히 정통성의 가르침을 있는 그대로 실천하는 게 아니라 시대의 결을 거스르는 것이다. 이를테면 모든 사람이 지금의 상황에서 공산주의를 평가할 때, 지젝이 보기에 오서독스한 사유는 공산주의의 시점으로 지금의 상황을 보는 것이다. 슬라보예 지젝, 김정아 옮김, 《죽은 신을 위하여》, 길, 2007 ; G. K. 체스터턴, 윤미연 옮김, 《오소독시》, 이글리오, 2003. 한편 체스터턴에 대한 소개와 《오소독시》의 번역에 대해서는 인터넷 서평가 로쟈(이현우)의 언급을 참고할 수 있다. 로쟈, 〈빨간 잉크와 체스터턴의 역설〉, 2010년 8월 27일 포스팅. 이 글은 로쟈의 인터넷 블로그에서 읽을 수 있다. http://blog.aladin.co.kr/mramor/4054231
9) 프레더릭 바이저는 낭만주의를 비역사적인 관점에서 비판하는 사람들의 시선을 교정하기 위해 낭만주의를 역사적 관점에서 해명하고 있다. 그 방법으로 그의 책은 초기 낭만주의(1797~1802)에 집중한다. 프레더릭 바이저, 김주휘 옮김, 《낭만주의 명령, 세계를 낭만화하라》, 그린비, 2011.

모르는 노년의 아버지에게 찾아든 로맨스는 귀엽고도 아름답지만, 그 로맨스가 이제 가정을 꾸리기 시작한 오빠에게 똑같이 실천될 때 주변 사람들에게 가해지는 상처의 크기를 기억할 필요가 있다. 결국 오서독스한 실천은 그 실천 자체에 한계와 가능성을 지니는 게 아니라 그 실천이 기입되는 맥락에 따라 다른 결과를 이끌어 낸다. 즉 세계를 낭만화하라는 낭만주의 운동 자체가 문제가 아니라 그러한 낭만주의가 어떤 역사적 맥락에서 작용하느냐에 따라 낭만주의자는 해방의 영웅이 될 수도 있고 반대로 전체주의의 시녀가 될 수도 있다. 결국 역사적 맥락을 잃은 오서독스한 실천은 희극이거나 비극이 되기 마련이다. 이것이 바로 오서독스 로맨스를 들고 나온 신인 작가 신혜진에게 우리가 건네는 응원의 메시지이다.

초등학교 4학년 때 담임은 나쁜 선생님이었다. 학생들에게 인분제조기(人糞製造機)라는 막말을 하질 않나(우리들이 무슨 뜻인지 몰라 갸우뚱하자 '그저 먹고 싸는 기계'라고 친절하게 가르쳐 주었다.), 술 냄새를 풍기며 수업을 하질 않나, 우리에게 자습을 시켜 놓고 교실 난롯불에 라면을 끓여 먹질 않나. 성적순으로 자리 배치를 하고 앉은 순서대로 청소를 배정했다. 공부 못하는 학생은 평생 화장실이나 청소하게 될 거라는 악담도 빼놓지 않았다. 그리고 너무 많이 때렸다.

그럼에도 초등학교 선생님 중에서 가장 많이 생각나는 사람이 누구냐고 묻는다면 그 역시 4학년 때 담임이다. 그는 교과서에 나오지 않는 이야기들을 자주 들려주었다. 막걸리 담

그는 비법부터 멍 안 들게 때리는 방법, 독버섯과 그냥 버섯을 구별하는 방법……. 돌이켜보면, 담임은 별나게 말재주가 있는 사람이었다. 그가 들려주는 군대 이야기를 그리스신화처럼 넋 놓고 들었으니까.

유리창으로 맑은 빛이 나른하게 비껴드는 봄날 오후, 담임이 박달나무 몽둥이로 교탁을 탕탕 내리쳤다. 고장 난 메트로놈처럼 몸을 흔들며 졸음 겨워하던 몇 명이 불려 나가 엉덩이를 두들겨 맞았다.

"허긴 그려, 요런 날은 비얌이나 잡으로 가야 쓰는디……. 봄비얌이 약이 되우 올랐을 거인디……."

봄에 잡은 뱀이 약발이 잘 선다는 이야기였다. 겨우내 잠을 자면서 독이 오르기 때문이라 했다. 이어서 그는 뱀을 맛있게 먹는 방법에 대해 그림까지 곁들여 가며 이야기했다.

1. 뱀을 잡아 처마에 매달아 놓는다. 그 밑에 대야를 놓는다.

2. 파리가 날아와 쉬 슬 때까지 기다린다.

3. 썩은 뱀을 먹고 구더기가 오동통해지면 대야에 떨어뜨린다.

4. 구더기를 잘 모아서 토종씨암탉에게 먹인다.

5. 닭을 잡아서 끓인다. 전복을 구할 수 있으면 전복도 넣어서.

농협 정미소 뒤에 뱀이 자주 출몰한다는 사실을 아이들은 잘 알고 있었다. 쑥부쟁이며 망초꽃이 애들 허리 높이만큼 우거진 데다 담벼락이 높아 그늘이 짙었다. 우리 반 아이들 중 몇몇은 주로 거기서 놀았다. 하루는 그곳에서 뱀이 벗어 놓은 허물을 발견했다. 처음엔 똬리를 틀고 앉아 있는 흰 뱀인 줄 알았는데 멀찍이서 지켜보고 있자니, 고개를 처박은 채 도사리고 있을 뿐 움직임이 없었다. 긴 작대기로 쿡 찔러 봐도 꼼짝하지 않았다. 과자처럼 바삭하게 말라 버린 빈 껍질이었다. 서늘한 음지에서 뱀이 벗어 놓고 간 허물을 바라보며 오래 앉아 있었다.

내가 20대에 만난 송기원 선생님은 "요설은 소설이 되지 못한다. 진정성 있게 쓰라"고 하셨다. 소설은커녕 요설도 모르겠다고 하자 마흔 살이 되면 문리를 깨치게 될 거라며 별 근거 없어 보이는 격려를 해주셨다. 올해 마흔 살이 되었다. 여전히 소설과 요설의 구별을 잘 못하겠다. 내 소설이 요설로 보인다면 어디까지나 소설을 잘 몰라서다.

소설을 핑계로 빚을 많이 졌다. 유리걸식하듯 떠돌아다니던 나를 보듬어 주신 분들이 많다. 만해마을, 토지문화관, 울

룽도 어르신들……. 선생님들께는 감사한 마음보다 죄송스런 마음이 크다. 가르침과 기대에 닿지 못한 까닭이다.

　단편집을 묶으려 끙끙거리다 보니 소설 대신 허물이 보였다. 징그러운 흉허물이 아닌 속살을 밀어 올리려 어쩔 수 없이 벗어 버린 흔적이라고 좋게 읽히면 다행이겠다.

신혜진

1973년 충주에서 태어나 서울예대 문창과, 고려대학교 대학원 국문과에서 공부했다. 단편 〈로맨스 빠빠〉로 제5회 대산대학문학상을 수상했고, 같은 작품을 계간《창작과 비평》에 발표하며 문단에 나왔다. 2009년 서울문화재단 창작지원금을 받았다.

퐁퐁 달리아

1판 1쇄 발행 2012년 8월 9일
1판 2쇄 발행 2012년 10월 15일

지은이 · 신혜진
펴낸이 · 주연선

책임편집 · 정종화
편집 · 이진희 박은경 오가진 박나리 최소라
디자인 · 홍세연 김서영
마케팅 · 장병수 김한밀 오서영
관리 · 김두만 구진아 성혜진

도서출판 은행나무
121-839 서울특별시 마포구 서교동 384-12
전화 · 02)3143-0651~3 | 팩스 · 02)3143-0654
등록번호 · 제 10-1522호(1997. 12. 12)
www.ehbook.co.kr
ehbook@ehbook.co.kr

잘못된 책은 바꿔드립니다.

ISBN 978-89-5660-641-5 03810